Besonderer Dank gilt meiner Verlobten
für die Hilfe bei der Fertigstellung dieses Buches

Gil Barkei

Die größere Insel

Roman

Bibliografische Information der Deutschen Nationalbibliothek:
Die Deutsche Nationalbibliothek verzeichnet diese
Publikation in der Deutschen Nationalbibliografie;
detaillierte bibliografische Daten sind im Internet
über http://dnb.dnb.de abrufbar.

Herstellung und Verlag:
BoD – Books on Demand, Norderstedt
ISBN: 978-3-7392-2842-6

Für meine Freunde

Die Anreise   11

Tag 1   31

Tag 2   51

Tag 3   83

Tag 4   115

Die Abreise   121

Die Anreise

Es nieselt. Der langsam heller werdende, die vereinzelten dunklen Schauerwolken kontrastreicher zeichnende Himmel kündigt den bevorstehenden Sonnenaufgang an. Die morgendliche Frische verrät, dass heute wie die Tage zuvor nicht mit Temperaturen über zwanzig Grad zu rechnen ist.

Da alle meine S-Bahnen pünktlich waren, habe ich es in unter einer Stunde zum Flughafen Schönefeld geschafft. Das ist nicht selbstverständlich seitdem die Deutsche Bahn versucht hat, ihren letztlich wegen der Finanzkrise aufgeschobenen Börsengang aufzupeppen und alles aus der S-Bahn herausgepresst hat, bis diese auf einmal im Sommer keine Hitze und im Winter keine Kälte mehr vertrug.

Auf der überdachten Fußgängerstrecke vom Bahnhof zum Flughafengebäude esse ich den letzten von drei Äpfeln, die ich mir als Frühstück eingepackt hatte. Ich liege gut in der Zeit. Um sechs Uhr geht mein Flieger nach Mallorca. Meine alten Schulfreunde Robert und Mimu sind bereits gestern geflogen und haben für eine Woche ein Hotel mit Halbpension bezogen. Ich habe vor einigen Tagen spontan den Flug nachgebucht und werde versuchen, bei ihnen drei Nächte undercover im Zimmer zu residieren.

Bereits in meiner Kindheit und Jugend führte es mich auf die Baleareninsel. Seitdem meine Freunde mir vor einigen Jahren einen Revival-Kurztrip zum 25. Geburtstag geschenkt haben, ist ein langes Wochenende am Ballermann zu einer neuen jährlichen Sommertradition geworden. Damals haben wir nach dem verbindlichen Abendessen bei meiner Mutter in mehreren Clubs am Technostrich in meine Quarterlife-Krise reingefeiert, alle zusammen bei mir übernachtet und nach unserem klassischen Katerfrühstück aus Rollmöpsen und Kir Royal auf einem Open Air an der Spree wieder rausgefeiert und durchgemacht bis wir aus der Absackerpinte direkt zum Flughafen gefahren sind.

Mimu war derart voll, dass wir ihn stützen mussten und er im Wartebereich und während des Fluges pennte. Auf Mallorca angekommen, meinte er, seine letzte Erinnerung sei das Aussteigen aus der S-Bahn gewesen und hätte erst wieder beim Aufsetzen des Flugzeuges eingesetzt. Eigentlich ideal gelöst, man betritt den Flughafen und Schwups, ist man am Urlaubsziel. Das ganze nervige Gewarte, die Sicherheitskontrollen und den eng eingepferchten Flug bekommt man gar nicht mit. So wie Beamen.

Fast hätten wir damals noch den Flieger verpasst, weil wir völlig vergessen hatten, unsere Taschen, die wir vor dem Feiern in Schließfächern abgelegt hatten, abzuholen und umkehren mussten. Irgendwie sind die Anreisen nach Mallorca komplizierter als andere. Vor zehn Jahren hatte ich meinen Schlüssel für die Kofferschlösser vergessen und musste den Koffer im Hotel aufbrechen.

Ein anderes Mal, als sich Rob um die Buchungen gekümmert hatte, realisierten wir erst am Abflugtag, dass der Flieger ab Leipzig geht, aber wir kein Auto zur Verfügung hatten. Also fuhr uns schnell sein Arbeitskollege mit einem Firmenwagen runter, wurde auf dem Rückweg geblitzt und verlor seinen Führerschein für einige Monate, für die wir ihm die Monatskarten blechen durften.

Bei meinem ersten Mallorcaurlaub mit vier Jahren habe

ich es erst gar nicht auf die Insel geschafft, weil sich meine Eltern auf dem Weg zum Flughafen mal wieder so sehr gezofft haben, dass meine Mutter mit mir aus dem Auto gestiegen ist und wir mit der Bahn zurück nach Hause gefahren sind und mein Vater alleine geflogen ist. Ich fand das voll scheiße, weil ich natürlich lieber mit in den Urlaub an den Strand gekommen wäre und ich habe mir wie so oft die Zeit herbeigesehnt, endlich selbst entscheiden zu können.

Ein Jahr später beim erneuten Versuch, nach einer der unzähligen Versöhnungen, klappte es dann und ich fand es toll. Mit anderen Kindern zog ich jeden Abend durch den Hafen von Cala Figuera und schaute den Fischern mit ihren von der harten Arbeit größer gewordenen, rissigen Händen bei der Pflege ihrer Netze und kleinen Holzboote zu. In den Bars und Restaurants, in denen meine Eltern in der Zeit saßen, brachte mir mein Vater nach diesen Streifzügen, wenn die anderen Kinder zurück in die Hotels mussten, Billard und Backgammon bei.

Immer wenn ich in einem Flughafen stehe, kommen diese Anekdoten an frühere Reisen hoch. Wie ich auf La Gomera als Junge in den Plantagen dieser kleinen, viel leckereren, kanarischen Bananen einen Salamander in den steinernen Bewässerungsrinnen fing und der tatsächlich seinen Schwanz abwarf.

Oder als ich in New York an der Grand Central Station einen Studienfreund anrief, weil ich gehört hatte, er sei auch in der Stadt und er zufällig genau in diesem Moment mit meiner Stimme am Ohr um die Ecke bog und ich daraufhin spontan ein Wochenende bei ihm auf dem Boden seines acht

Quadratmeter großen Winzzimmers im Kolpinghaus gegen jede Hausregel heimlich unterkam.

In Tokio verbrachte ich mal eine Nacht in einem Internetcafé. Viele Wanderarbeiter, die innerhalb der Woche in der Stadt bleiben, machen das immer so. Die meisten Internetcafés haben deshalb extra abschließbare Kabinen mit Liegen oder Matten installiert, günstige Sechs- bis Achtstundentarife eingeführt und bieten freie Softdrinks und teilweise sogar Duschbereiche an.

Mit jeder Windung des Zickzack-Kurses aus orangenen Kordeln kommt mir eine Story nach der anderen in den Sinn. Neben den Reisen an sich vor allem die Erlebnisse an den verschiedensten Flughäfen. Mein erster Flug alleine als Neunjähriger von Mailand nach Paris, wo mich eine große wunderschöne Stewardess mit knallroten Lippen liebevoll an die Hand nahm und mich meiner Mutter übergab, die ebenfalls immer roten Lippenstift trägt.

Wie ich mit meinem Vater auf dem Weg nach Athen in einer kleinen Bundesgrenzschutzdienststelle im Flughafen noch schnell ein Ausweis-Provisorium ausstellen lassen musste, weil ich meinen Kinderreisepass bei meiner Mutter vergessen hatte und wie mich in Griechenland alle Beamte fragten, ob der Mann mit dem anderen Nachnamen an meiner Seite auch wirklich mein Vater sei.

Meine bisher schlimmsten Turbulenzen über Andalusien, als der fremde Sitznachbar, der zuvor protzig darauf bestand das damals neue iPhone 1 im Flugmodus eingeschaltet zu lassen, verängstigt meine Hand festhielt.

Der gestohlene Benz meiner Eltern am Frankfurter Flughafen kurz nach der Wende oder das Campieren auf unseren

Koffern auf Kreta wegen des brennenden Flughafens in Düsseldorf.

In Budapest wollten die Flugbegleiter Rob und mich nicht mitnehmen, weil wir zu betrunken waren, da wir die Nacht mit einem United-Fanclub aus Leeds in irgendwelchen abgeranzten Innenhofbars durchgesoffen hatten.

Abwesend passiere ich die Sicherheitskontrollen. Nur die Bestätigung meiner schon länger vermuteten Parallele grottenschlechter Frisuren bei Supermarktkassiererinnen und Flughafensicherheitsmitarbeiterinnen, durch eine gelangweilt auf den Durchleuchtebildschirm schauende Dame mit feschem pinken Pony in der schwarzgefärbten Kurzhaarfriese, entlockt mir eine kurze joviale Regung.

Ich packe die kleinen sinnbefreiten Tütchen mit Duschgel und Deo zurück in meinen abgewetzten Lederkulturbeutel, ziehe meinen Gürtel mit der zerkratzten Messingschnalle wieder durch die Laschen und folge dem Strom in Richtung des übertrieben duftenden Duty-free-Shops.

Schönefeld mit seinen hässlichen Anbauten an das alte Hauptgebäude, das wie eine Miniaturversion des Palastes der Republik aussieht, kommt mir wie ein Containerdorf vor, selbst gebastelt, improvisiert, enge verwinkelte Gänge, hoch-runter, rein-raus, ein altmodisches Labyrinth, das förmlich das Wort „Provinz" herausschreit. Ein Trauerspiel für Berlin, das an Peinlichkeit nur noch von dem ein Stückchen weiter stehenden Geisterneubau des BER übertroffen wird, der, wenn er überhaupt fertig werden sollte, sofort zu klein sein wird.

In einer Ecke im Abflugbereich, die wie ein Irish Pub

gestaltet ist, bestelle ich mir ein Glas Cider. Jedes Mal wenn ich von hier fliege, trinke ich eines. Das ist schon fast ein Aberglaube geworden. Am Nachbartisch sitzt eine Fünfergruppe ordentlich angeglühter Jugendlicher, die hundertpro auch nach Mallorca fliegen. Alle tragen einen Sombrero auf dem Kopf und ein weißes T-Shirt mit ihrem Namen auf dem Rücken und dem vorderen Aufdruck: 4 Tage, 3 Sterne, 2 Promille, ein Ziel.

Jetzt bereue ich es, dass ich nicht mit Rob und Mimu zusammen geflogen bin. Alleine ist es so langweilig. Das erinnert mich an meine Zeit im Rheinland, in der ich öfter innerhalb der Woche vom Flughafen Köln-Bonn nach Berlin gependelt bin und zusammen mit Offizieren von der Hardthöhe am sonst völlig leeren Gate quälend eintönig warten musste.

Die hatten kurzärmlige Hemden mit Stiften in der Brusttasche an und sahen aus wie Busfahrer und einige wickelten Butterbrote aus Alufolie und krümelten beim Essen alles voll, was diese ganze von der Politik forcierte unerträgliche Weichspülung der Bundeswehr unterstrich und ich musste an die alten golden eingerahmten Fotos auf der Biedermeierkommode meiner Großeltern denken, von schneidigen preußischen Leutnants und Rittmeistern mit Pickelhaube und Säbel. Das Fliegen hat damals für mich das Majestätische verloren, weshalb mich Betrunkene und Verkleidete an Flughäfen schon lange nicht mehr stören, ganz im Gegenteil.

Ich überlege, falls man im Ausland von Terroristen entführt werden sollte, ist es wahrscheinlich am besten israelischer Staatsbürger zu sein. Deren Militär zieht sicherlich eiskalt durch und holt einen raus. Die verklagen garantiert nicht ihre eigenen Soldaten, wenn die ihren Job machen und Feinde töten und beschaffen ihnen bestimmt auch kein kaputtes Gerät und müssen nicht deren Namen in den Medien schwärzen, da sie es gewiss nicht zulassen, dass sie in der Heimat beschimpft und bedroht werden.

Ich trinke mein Cider aus und verschwinde auf die Toilette. Dort hockt, wirklich wahr, ein sechster der Sombrerobande samt seiner Kopfbedeckung wankend vor einem Stehpissoir und scheißt. Da ich mich nicht direkt daneben stellen will, aber wirklich dringend muss, halte ich etwas Abstand, mache schnell ein Foto von Speedy Gonzalez und warte bis eine der zwei belegten Kabinen frei wird.

Als ich vom Pinkeln zurückkehre, liegt der Typ mit dem Sombrero mit heruntergelassener Hose weggekömert vor seinem vollgeschissenen Pissoir auf dem Boden. Laut lachend mache ich noch ein Bild und sende es in die Partytouren-Gruppe meiner Kumpels und mir bei Whats App. Ich verlasse das WC, rufe zur Mexikaner-Crew rüber, „Ich glaube euer Freund braucht hier drinnen Hilfe!" und gehe Richtung Gate, an dem die Schlange bereits wächst.

Direkt vor mir stehen drei ältere Männer in diesen peinlichen Jeans mit den dicken weißen Nähten und in wild gemusterten Camp David Shirts, von denen ich eigentlich dachte, dass nur Dieter Bohlen die trägt. Sie erzählen sich mit ihren tiefen Stimmen auf berlinerisch irgendwelche unlustigen Geschichten von einem Dartturnier, aber lachen trotzdem die ganze Zeit übertrieben, wobei man ihre schlechten Zähne sieht.

Im Wartebereich packt mich die Müdigkeit des frühen

Aufstehens und ich kämpfe mit schweren Augenliedern. Die letzten Nächte konnte ich generell schlecht schlafen. Durch die tropfenbedeckte Glasfront kann man sehen, wie unsere nur wenige Meter entfernte Maschine betankt wird.

Mir gegenüber sitzen drei junge Typen mit Rucksäcken auf die lauter Flaggen genäht sind und quatschen unhöflich laut. Amerikaner, typisch. Was wollen die auf Mallorca, frage ich mich. Vermutlich machen die ein Auslandssemester an der Humboldt und anstatt zu studieren, fahren sie jedes Wochenende durch Europa, zumindest haben das die Überseestudis bei meinem Erasmussemester in Krakau damals so gemacht. Und als die drei überlegt haben, wohin es dieses Mal gehen soll, hat ihnen ein Kommilitone beim Pub Crawl oder auf einer International Party empfohlen nach Malle zu reisen, um sich das etwas andere typisch Deutsche anzuschauen.

Durch einen knarzigen Lausprecher erschallt eine Stimme, die ich wegen des sich erhebenden Rumorens nicht verstehe. Die große Tür zum Außenbereich öffnet sich und die aufgesprungene Masse presst sich durch das Nadelöhr hinaus in den Regen und hetzt zum Flieger, in dessen Bauch gerade die letzten Koffer verschwinden. Ich harre wie immer sitzenbleibend die ungeduldigen Schlangen vor den zwei Flugzeugtüren aus und mache mich als Letzter auf den Weg zur Maschine.

Leider sitze ich am Gang, aber dafür bleibt der mittlere Platz in der Dreierreihe frei. Mein indirekter Nachbar am Fenster, ein durchtrainierter junger Mann mit kurzgeschorenem Schädel und breitem Nacken, hält leicht nervös einen Rosenkranz in seinen Händen. Um uns herum hat sich eine

Altherren-Mannschaft verteilt und beginnt damit mehrere Flaschen Rum aus den Duty-free-Plastiktüten zu reißen. Eine Stewardess kommt angerauscht und es entbrennt eine hitzige Diskussion um die kleinkarierten geldgeilen Regeln der Fluggesellschaft, unverschämte Getränkepreise und das versöhnliche Versprechen, hier an Bord sauviel Kohle für Cola zu investieren. Das Ende der Debatte bekomme ich nicht mehr mit, da ich noch vor dem Start einschlafe.

Ich werde vom Druck in den Ohren während des Landeanfluges wach. Direkt nach dem Aufsetzen der Maschine und meiner Verweigerung des lächerlichen, gefühlt nur noch auf Mallorcaflügen stattfindenden Beklatschens des Piloten für die Ausführung seines Jobs, verschwinde ich trotz der bösen Blicke einer Stewardess während des Rollens zur Parkposition auf die hintere Flugzeugtoilette, um mir mein Urlaubsoutfit aus Badeshorts, Trägerhemd und Flip Flops anzuziehen. Dazu muss ich natürlich erst einmal Hemd, Turnschuhe und Jeans auszuziehen, was in diesen engen Plumpskabinen gar nicht so leicht ist.

Ich stehe nackt mit den bloßen Füßen auf den parat gelegten Latschen und versuche mit einem Bein nach dem anderen in die Badehose zu schlüpfen, ohne dabei den feucht glänzenden Boden oder die millimeternahen Wände zu berühren. In diesem Moment fährt das Flugzeug um eine scharfe Kurve. Den Hosenbund schon in der einen Kniekehle und das zweite Bein bereits ungelenk angeekelt angehoben, gerate ich ins Schwanken, greife nach einem Halt, bekomme aber nur meinen auf dem Waschbecken liegenden kleinen schwarzen Rucksack zu fassen, reiße ihn mit und plumpse mit meinem nackten Arsch in die nasse Edelstahl-kloschüssel, vor der sich schon beim Einsteigen eine kleine Schlange gebildet hatte. Ich spüre das kalte Metall an meinen Eiern und diese Sammelpfütze über der geschlossenen Absaugöffnung an meiner Poritze. Der Cider kommt mir hoch, aber ich bringe nur ein lautes inhaltsloses Würgen hervor. Jemand klopft gegen die Tür.

„Ist alles in Ordnung?"

„Ja, alles gut, mir ist nur ein bisschen schlecht vom Flug."

Meine Haut am liebsten sandstrahlen wollend, rappel ich mich auf den klebrigen Schüsselrand abstützend hoch, wasche mir so gut es geht mit festen Rubbelbewegungen Hintern, Gesicht und bis zu den Ellenbogen hoch die Hände, hinterlasse einen riesigen eingeklemmten Klumpen Papiertücher am Klappdeckel des Mülleimers, ziehe mir meine Sachen an und öffne verschwitzt von dem ganzen Stress die Kabine.

Das Flugzeug ist mittlerweile zum Stehen gekommen. Die anderen Passagiere sind aufgestanden und haben mit dem traditionellen Gedrängel begonnen, wer als erstes sein Gepäck ergreifen und das Flugzeug verlassen kann, als ob der Gewinner draußen ein Auto geschenkt bekäme.

Ein mit zwei Sporttaschen bepackter Mann um die Vierzig mit einer stilsicheren Kombi aus karierter kurzer Hose mit Seitentaschen und einem längsgestreiften Polohemd, aus dem eine dicke Goldkette mit einem Wildkatzenhänger herausguckt, steht mir am Ende des Mittelgangs ungeduldig auf die Öffnung der Tür wartend gegenüber und schaut mich erbost an, weil ich mit meiner Toilettenbenutzung dafür verantwortlich bin, dass er nicht schon einen ganzen Meter näher an die Flugzeugtür herangekommen ist. Die Vorstellung jetzt gleich als Erster vor der umklappenden Luke zu stehen und in das sonnengebräunte Gesicht eines jungen mallorquinischen Rollfeldarbeiters mit neongelber Warnweste zu blicken, macht meinen kurzen Ausflug in die Fäkalien zweier Brandenburger Fußball- und Kegelmannschaften für einen Moment vergessen und ich erwidere ein Lächeln.

Doch dann ertönt die Durchsage, dass das Flugzeug leider nur über den vorderen Ausgang zu verlassen sei. Lautstarke Enttäuschung, als sei damit der Urlaub dahin, macht sich bei den hinten Wartenden breit. Mein neuester Fan mit den hypnotischen Mustern am Leib keift irgendwas von versperrten Fluchtwegen vor sich hin und verheddert sich beim hektischen Umdrehen mit den Trageriemen seiner Taschen an den Armlehnen. Entwerte den Menschen ihre Spareinlagen, verschwende ihre Steuern und verprasse ihre Rentenkassen, aber wenn man ihnen den hart erkämpften, schon sicher geglaubten Sieg entreißt, als Erster des Billigairline-Fluges iberischen Boden zu betreten, dann finden sie plötzlich ihre Wehrhaftigkeit wieder.

Die mich vorhin noch vorwurfsvoll fixierende Stewardess grient mich an als wolle sie mir sagen, das geschieht dir Recht, wärst du mal vorschriftsgemäß auf deinem Sitz geblieben, jetzt kommst du als Letzter hier raus. Als sie die Veränderung meiner Kleidung realisiert, verdreht sie die Augen. Früher waren diese Blicke mein Ziel, jetzt verletzen sie mich, ohne dass ich genau weiß warum.

Meine Kumpels und ich haben uns als Jugendliche zu unseren Mallorcareisen absichtlich einheitliche Ausstattungen mit Jogginganzügen, weißen Socken und Sandalen für die An- und Abreise zusammengestellt. Auf dem Weg zum Flughafen haben wir uns demonstrativ mit billigem Dosenbier besoffen und im Flieger ein Bier nach dem anderen bestellt. Mein bester Freund Christoph, der bis vor zwei Jahren unser vierter Mann war, aber seitdem er Frau und Kind hat, lieber Familienurlaub in den Bergen oder an der Ostsee macht, hat dazu auffällig Fachbücher über Atomphysik oder alte angegrabbelte Bände von Nietzsche und Schopenhauer gelesen.

Als ich so in Gedanken der Masse zum Ausgang hinterhertapse, merke ich, wie sehr er mir bei solchen Trips fehlt. Ich fühle mich plötzlich einsam und verkannt. In unserer Gruppe kam ich mir kreativ vor, fast wie ein gesellschaftskritischer Aktionskünstler, aber gleichzeitig auch wie ein Gegenpart, der diese achso-intellektuellen und unangepassten Künstler*innen veräppelt, die in der Öffentlichkeit mit Farbe gefüllte Eier aus ihren Vaginen auf Leinwände ploppen lassen oder irgend so einen Schwachsinn.

Die gibt es wirklich, aber das weiß die dumme Stewardess natürlich nicht, die einmal im Monat ins 3D-Kino gehen und das Proseccogläschen am Stiel festhalten mit Kultur verwechselt und deren mich provozierend penetrant anfunkelnder Verlobungsring bestimmt im Internet bestellt wurde. Der Verlobte ist so einer, der zur Hochzeit ein schwarzes Hemd mit silber-weißer Krawatte trägt, während sie schulterfrei, das Tribal präsentierend, zu einem Song von Céline Dion oder Mariah Carey aus der HiFi-Anlage in die Kirche latscht und ihr Onkel nach dem Camcorder in der Herrenhandtasche mit Schlaufe kramt.

Jetzt verletzt mich ihr Blick gar nicht mehr. Sie tut mir fast ein bisschen leid, wie sie gleich mit ihrem billigen Hartplastiktrolley, weil der von Rimowa zu teuer war, und der wegen den ganzen Duty-free-Sonderangebotscremes voranschreitenden Stewardessenkrankheit im Gesicht zu ihrer Pause dackelt und ihren Aufenthaltsort bei Facebook verlinkt, um ihren Freundinnen zu zeigen, was sie doch für ein tolles Jetset-Leben führt und dabei nicht merkt, dass der mondäne Charme des Flugbegleiterinnenjobs längst verloren ist.

Der entgegenkommende Windzug trägt den Lärm des Rollfeldes zu mir. Ich liebe das Aussteigen aus Flugzeugen, aber nur über Treppen ins Freie. Die Tür wird geöffnet und macht Platz für ein neues ganz eigenes Licht eines entfernten Ortes, welches einen anzieht und eine alltagsferne Welt verspricht.

Wenn man an die Öffnung tritt, erreicht einen sofort die Aura des Anderen, von nicht heimatlichen aber spannenden Geschmäckern, Düften und Wetterlagen. Das sind die einzigen Sekunden, die dieses Empfinden von Abenteuer und Entdeckungen des alten erhabenen Fliegens wachrufen. Jedes Mal, wenn ich in einem fremden Land den Vogel verlasse, bin ich gespannt, wie wohl die erste Reaktion meiner Sinne ausfallen und sich dieser Ort in seiner ersten Wahrnehmung in meiner Erinnerung abspeichern wird.

Auf Mallorca verheißen die Sonnenstrahlen, die das Flugzeuginnere erhellen und beim ersten heraustretenden Blick über das Flughafengelände die Augen blenden, die Erfüllung der Erwartungen von Sonne, Strand und Spaß, von Sorgenausklammerung. Es ist, als ob man aus dem künstlichen Klima dieser engen Flugröhre durch eine in die Ausstiegsluke eingebaute, unsichtbare Trennwand in eine alles umwebende Masse aus Meeresduft, Sandgeschmack und schwerer Hitze eintaucht, über der ein leichter hellbraun-gelblicher Filter liegt. Sie trifft einen wie eine Welle noch bevor man den rauen abgetretenen Metallboden der herangefahrenen Treppe berührt und liegt wie Wasser um eine versunkene Stadt über allem und durchdringt selbst die Turbinengeräusche und den Kerosingeruch.

Ich weiß gar nicht, wann genau sich dieser erste Eindruck von Mallorca bei mir gefestigt hat. Ob es gleich mein erster Urlaub auf dem Eiland war oder erst später bei einem meiner Partytrips mit den Kumpels. Ich weiß nur, dass er da ist, als ich jetzt das Flugzeug verlasse und die Treppe mit diesen typischen, latent wackeligen, hellen Metallschlägen bei jedem Schritt in Richtung Bus hinuntersteige. Der heiße Wind zerzaust mein lichtes braunes Haar und die goldene Sau am Himmel verbrennt in Sekunden die letzten übrig gebliebenen Wassertropfen auf meiner Stirn.

Die lange Ziehharmonika auf Rädern ist rappelvoll. Ich quetsche mich in die hinterste Tür und drücke mich mit dem Rücken gegen eine gläserne Trennwand seitlich des Einstiegs. Während der Bus seine für Uneingeweihte nicht verständliche wilde Route zum Ankunftsgebäude kurvt, höre ich nach wenigen Sekunden verdrucktes weibliches Kichern von den zwei Sitzplätzen hinter der Glaswand. Da es so eng ist, dass allein meine Umgebung mich aufrechthält, kann ich mich nicht umdrehen, aber ich merke was höchstwahrscheinlich der Grund ist. Mein gegen die Scheibe gedrückter Arsch, ungefähr auf Augenhöhe der hinter mir sitzenden ohrenscheinlichen Damen, erfühlt die Nässe meiner Badehose. Bei meinem kleinen Gleichgewichtsfauxpas auf der Flugzeugtoilette muss sie auf den feuchten Boden gerutscht sein.

Die Mädels hinter mir bekommen also gerade nicht nur mein fleckiges und verformtes Hinterteil zu sehen, sondern auch diverse, wie aus einem Schwamm gewrungene Wasserschlieren, die natürlich den Verdacht entstehen lassen, ich hätte mir in die Hose gemacht. Die Schamesröte und ein erneuter Würgeanfall bei den Gedanken an die möglichen Inhaltsstoffe dieses Po-Peelings verschaffen mir kurzzeitig etwas mehr Platz.

Am Flughafengebäude angekommen, steige ich schnell als Erster aus und gebe diesen Vorsprung peinlich berührt bis zur Ankunftshalle nicht mehr her. Da ich nur mit einem Rucksack reise, erspare ich mir den Kampf um den besten Platz an den Gepäckbändern, obwohl ich es früher als kleiner Junger geliebt habe, zwischen den Wartenden durchzuschlüpfen um kurz vorm Eintauchen der schweren Gummilamellen in die Wand noch fix meinen mit Stickern bespickten roten Kinderkoffer wegzuschnappen.

Manchmal habe ich mich auf das Band gestellt und eine Runde gesurft oder ich habe mit meinem Vater gespielt, wer als erster von uns beiden unser Gepäck sieht. Ich habe leider und daran mache ich fest, dass er mich nicht absichtlich gewinnen lassen hat, oft verloren. Ich war einfach zu abgelenkt von den anderen Koffern, wie sie aussehen, von welcher Marken sie sind, ob sie Aufkleber oder Extragurte haben und zu wem sie wohl gehören mögen und was diese

Person eingepackt haben könnte. Innerlich war es eine meiner größten Befriedigungen, wenn ich richtig lag und genau der zuvor von mir Vermutete sich das ausgeguckte Gepäckstück griff. Am liebsten hätte ich den Koffer aufgebrochen, um nachsehen zu können, ob ich mit meinen Vermutungen beim Inhalt ebenfalls richtig lag. Obwohl ich mittlerweile, auch bei längeren Reisen, aus Prinzip nur mit Handgepäck fliege, stelle ich häufig und jetzt wieder beim Huschen durch die Gepäckhalle immer noch diese Überlegungen an, was die einzelnen Reisenden jeweils als unverzichtbar für ihren Urlaub angesehen und mitgenommen haben.

Als ich aus dem Gate komme, laufe ich schnell an den unzähligen lethargischen Blicken der wartenden Reiseleiter mit ihren massengefertigten Uniformen und ihren hochgehobenen Schildern vorbei und trete aus dem Flughafengebäude endlich wieder in die natürliche, nicht klimatisierte Luft.

Zusammen mit den Wogen der Pauschaltouristen und dem zu einem einzigen lauten Klackern kombinierten Geräusch dutzender Rollkoffer, schwappe ich auf den riesigen Parkplatz für die großen Reisebusse. Die Hecks der rechts und links aufgereihten Fahrzeuge flankieren den Weg in der Mitte der Parkfläche, sodass er mir wie eine Allee der Industrialisierung erscheint, eine wahrgewordene Metapher aus dem Film *Metropolis*.

Die laufenden, Klimaanlagen befeuernden Motoren versprühen ihre brummende Hitze auf den schmalen Lauf und treiben die Temperaturen noch weiter in die Höhe, so dass man beim Passieren der einzelnen Heckpaare spießroutenartige Schläge aus dieseltriefender lärmender Glut gegen den ganzen Körper geschlagen bekommt. Der dichte Strom an Menschen lichtet sich mit jedem zu einem Bus abbiegenden Grüppchen, bis ich das Ende des Ganges mit drei weiß gekleideten Frauen Anfang vierzig erreiche.

Der öffentliche Bus aus Palma hält an einer normalen Station am Rand des großen Parkplatzes. Ich warte mit meinem betont lässig über eine Schulter geworfenen Rucksack, als käme ich gerade von der Arbeit oder aus der Uni-Bib. Als sei ich ein Einheimischer, der das bunte Treiben der zwischen den Reisebussen wie Ameisen herumwuselnden Touristen aus sicherem Abstand beobachtet.

Das erste Mal auf Mallorca sind meine Eltern und ich, wie bei unseren anderen Reisen nach Griechenland oder auf die Kanaren, mit einem Taxi vom Flughafen zu unserer Pension gefahren. Mir wurde damals schlecht während der Fahrt und das Taxi musste rechts ranfahren, damit ich mich übergeben konnte. Komischerweise war das nur bei der Anreise so, bei der Rückfahrt war alles in Ordnung. Das weiß ich noch ganz genau, denn wir haben einen Bekannten meines Vaters mit zum Flughafen genommen, der unbedingt kurz vor einem Geschäft anhalten wollte, um sich ein Mobiltelefon zu kaufen. Das war das erste Handy, das ich gesehen habe und ich war fasziniert und konnte es kaum glauben. Zu Hause hatten wir damals noch so ein grünes Telefon mit Wählscheibe und im Urlaub mussten wir uns ständig Telefonkarten kaufen, die ich sogar eine Zeit lang nach Ländern sortiert gesammelt habe.

Heute, fünfundzwanzig Jahre später, schalte ich mein iPhone an, lösche die Begrüßungs-SMS des Netzanbieters und schicke die obligatorische „Gut angekommen!"-

Nachricht an meine Mutter. Halb zehn, perfekt, noch den ganzen Tag, denke ich und male mir meinen ersten Drink gleich am Meer aus. Ich krame meine blaue Rey Beri hervor, die ich hier letztes Jahr gekauft habe von einem dieser herumlaufenden schwarzafrikanischen Händler von gefälschten Cappies, Sonnenbrillen und anderem Billigzeug, die alle nur Helmuts nennen.

Die Fahrkarte für drei Euro zum Strand parallel der Promenade von S'Arenal entlang, kaufe ich direkt beim Fahrer und schnappe mir einen Fensterplatz. Die einzelnen Stationen tragen zusätzlich die Namen der dort zu findenden Hotels. Du landest, nimmst den Bus und läufst ein paar Meter zu deiner Unterkunft. Das ist wie im Alltag mit den öffentlichen Verkehrsmitteln in deiner Heimatstadt, als ob du nach Hause kommst.

Die Damen in weiß steigen mit ihren riesigen Weichschalenkoffern ebenfalls in den Bus und eröffnen direkt vor mir mit einer Runde Klopfer ein Quasseldreieck, was ihre Kinder und Männer in der Zeit ohne Mama so machen werden. Ich wühle meine Kopfhörer hervor und schalte meine erst gestern zusammengestellte Mallorca-Playlist ein. Zu den Klängen von Mia Julia und Stefan Stürmer in meinen Ohren bahnt sich der Bus seinen Weg die Zubringerstraße hinunter, durch die engen Straßen von Can Pastilla, an den ersten großen Hotelkomplexen und am Aquarium vorbei, bis zur breiteren Hauptstraße eine Reihe hinter der Strandpromenade.

Ab dieser Grenze verliert das metrische System seine Wirkung für mich. Ab sofort rechne ich Entfernungen am Strand entlang in Balnearios, also in Ballermännern, und

Entfernungen vom Strand ins Landesinnere in Bieren. Mir fällt auf, dass ich hier zwischen Ballermann 10 und 15 noch nie war und ich die jungen Leute, die hier nun aussteigen nicht verstehen kann, soweit weg von Mega Park und Bierkönig ein Hotel zu buchen. Weiter als zwei Ballermänner vom 6er würde ich kein Hotel nehmen. Ob sie wissen, wieweit weg vom Schuss sie sind? Vielleicht sind die das erste Mal hier.

Meine Station ist erreicht. Ich packe meine Kopfhörer ein und steige aus, vorbei an den die dritte Runde Klopfer startenden und immer lauter redenden Frauen in weiß, die ihren freien Blicken nach zu urteilen das vorherige Gesprächsthema und ihre Männer längst vergessen haben.

Noch sind die Straßen und Bürgersteige so gut wie leer. An den Ecken befinden sich kleine Läden und Restaurants, die langsam öffnen und sich für die Mittagsgäste bereitmachen. Nach kurzer Orientierung kaufe ich mir in einem dieser Geschäfte für Getränke, Sandwiches, Postkarten und Strandutensilien eine Dose San Miguel und schlendere, wie auf Google Maps durchgespielt, eine Querstraße weg vom Strand in die vermeintliche Richtung des Hotels, das ich sofort finde.

Die Jungs haben mir bei ihrer gestrigen Ankunft ihre Zimmernummer über das Hotel-WLan gewhatsappt, den Weg zu ihrem Zimmer beschrieben, damit ich nicht wie ein Neuankömmling herumirre und mir versichert, es sei soviel los, dass uneingecheckte Hotelfremde keinem auffallen dürften.

Vor dem weißen Kasten mit braunen Balkongeländern ist gerade ein Reisebus mit einer neuen Fuhre noch völlig blasser Gäste angekommen, die ihr Gepäck zusammensuchen und eine Schlange an der Rezeption bilden. Ich hole mein Handtuch aus dem Rucksack, lege es um meinen Nacken und laufe wie selbstverständlich an den Neuankömmlingen vorbei zu den Fahrstühlen.

Bei unseren früheren Partyurlauben als Schüler, die zehn bis vierzehn Tage dauerten, beobachteten wir während unseres Aufenthaltes mehrere solcher Ankünfte. Wir stellten uns runter in die Lobby und hielten Ausschau nach hübschen Mädels und versuchten herauszuhören, welches Zimmer sie bekamen. Über das Hoteltelefon wählte ich die Zimmernummer an und erzählte ihnen, hier spreche das Begrüßungskomitee und wir kämen mit einem Willkommensgeschenk vorbei, worauf wir mit ein paar Fläschchen Sekt klopften. Das war ziemlich oft nicht nur ein Türöffner.

Der Fahrstuhl ist defekt, also nehme ich die Treppe in den dritten Stock. Am mitgeteilten Zimmer macht niemand auf. Ich klopfe lauter bis ich ein Stöhnen höre, dann einen freudigen Schrei und schlurfende Schritte. Mimu in einem roten Bierkönigshirt und mit einem roten Gesicht mit rot glänzenden Augen macht auf.

Tag 1

Wenngleich die Jungs erst seit einer Nacht hier sind, ist das Zimmer total verwüstet. Überall liegen Klamotten und leere Bierdosen auf dem Boden. Die Betten, die ja eigentlich nur Matratzen auf Stelzen sind, da die hölzernen Fake-Kopfenden an die Wand geschraubt sind, stehen schief im Raum. Über den zwei Wandlampen rechts und links neben dem Fernseher auf einer Kommode hängen neongrüne Bierkönig-Trägerhemden.

„Da bist du ja endlich, wir haben extra mit dem Frühstück auf dich gewartet", schmunzelt Rob, erhebt sich von seiner Pritsche und holt aus dem mit Wasser gefüllten Bidet im Badezimmer zwei mit diesem weißen Duty-free-Transportnetz umwickelte Flaschen Rotkäppchen Halbtrocken. Mimu, allem Anschein nach immer noch voll, wühlt aus einem Haufen bunter T-Shirts, der seine Reisetasche begraben hat, einen Bacardi-Strohhut, eine weiße Kapitänsmütze und die Propellermütze, die ich ihm zur letzten Herrentags-Radtour geliehen hatte, hervor und schmeißt sie zur freien Wahl auf ein Bett.

Während Mimu die kleine Bluetooth-Box mit seiner Schlagerplaylist in Betrieb nimmt, Rob die zwei Badgläser mit Sekt auffüllt und wir anstoßen, klären wir uns gegenseitig über meine Anreise und ihre erste Nacht auf.

Die beiden haben gestern nach dem Bierkönig diesen Laden ausprobiert, der mit dem „Leck die Pussy!"-Refrain wirbt. Tatsächlich sei zu späterer Stunde eine Osteuropäerin auf die Bühne geholt und nach einer kleinen Stripshow in die Runde gefragt worden, wer sich denn trauen würde, sie direkt auf der Bühne zu ficken. Drei Kerle hätten sich gemeldet, von denen zwei sofort unter den Schmährufen des Publikums versagten, der Dritte immerhin ein paar Minuten unkoordiniert rumstochernd durchgehalten hätte bis auch ihn die Manneskraft verließ.

„Wie? Und ihr hattet keine Lust diese respektable Dame näher kennenzulernen?", frage ich rhetorisch und überlege, wie die Ausschreibung zu diesem Job ausgesehen haben mag und vor allem, was das für Frauen sind, die sich da bewerben.

„Bist du verrückt!", ruft Mimu. „Sagen wir mal die Hauptsaison geht drei Monate, Juni, Juli, August, und die hat vielleicht noch zwei Kolleginnen, arbeitet also alle drei Tage. Du kannst dir ja selber ausrechnen wie viele da schon dringesteckt haben. Außerdem wäre da nichts gegangen. Wir wissen nicht mal mehr wie und wann wir ins Hotel zurückgekommen sind."

Immerhin haben sie es ins Zimmer zurück geschafft. Bei jedem Mallorcaaufenthalt gibt es mindestens einen Morgen, an dem man woanders aufwacht und nicht genau weiß, wie man dort hingekommen ist.

Vor gut zehn Jahren kamen Christoph und ich am Strand zu uns. Wir lagen unter meiner riesigen Stranddecke, in die wir uns, wahrscheinlich weil es nachts kälter wurde, eingerollt und verknotet hatten. Wir strampelten uns wie schlüpfende Küken frei. Es war schon mitten am Tag, der Strand war voll und um uns herum saßen dicht an dicht lauter junge Menschen und lachten sich schlapp, wie dieser skurrile blaue Hügel, der schon vor dem ersten Besucher hier war, plötzlich zum Leben erwachte und zwei völlig hilflose Neugeborene zur Welt brachte, die mit der sonnenbebrillten Umgebung nichts anfangen konnten. Wir sahen uns mit zugekniffenen Augen in unsere versandeten Gesichter und im ersten Moment wusste keiner, wie wir hier hergekommen waren. Dann fiel es uns ein und wir stiegen ins Gelächter der Anrainer mit ein.

Alles hatte damit begonnen, dass ich am Tag zuvor während wir auf dem Hotelbalkon vorgeglüht hatten, extrem kacken musste. Es wollte gar nicht mehr aufhören. Die ersten Urlaubstage sammelt es sich ja erst immer, von wegen neues Essen und fremde Umgebung und so weiter und wenn es dann wieder drückt, kommt alles auf einmal. Ich benutzte eine ganze Toilettenpapierrolle, so dass die Schüssel bis obenhin voll war. Ich wusste nicht, dass Christoph vor etwa zwei Stunden genau das gleiche Gefecht durchstehen musste und ebenfalls bereits eine komplette Klorolle ins Rohr gejagt hatte.

Als ich spülte, machte der Berg zunächst Anstalten ganz normal gen Abfluss zu rutschen, bäumte sich dann aber auf, zerfiel in seine Einzelteile und wurde von den nachstürzenden Wasserfluten erst unter- und danach überspült bis der Pegel des Gebräus stieg und stieg und schließlich mit einem blubbernden Röcheln der Toilette über die Ufer des Keramikrandes trat. Wie Magma aus einem Vulkan kroch langsam aber unaufhaltsam eine gar nicht enden wollende, dickflüssige Masse aus dem Klo bis der Badezimmerboden damit bedeckt war. In Panik schmiss ich alle Handtücher von den Haltern in die Brühe, um zumindest den Weg ins restliche Zimmer zu versperren, und zog die Tür hinter mir zu.

Nachdem ich Christoph von der Überschwemmung erzählt und er sich kurz einen Überblick vom Katastrophengebiet verschafft hatte, war uns klar, selber sauber machen ist uns zu eklig und das Hotel sofort zu informieren zu peinlich. Aber einfach den morgigen Durchgang des Zimmermädchens abzuwarten und vorher das Zimmer zu verlassen, war uns zu riskant, da wir keinen Wecker hatten und die Putzfrau uns bisher jeden Mittag geweckt hatte, weil wir es im Gegensatz zu heute, damals im Suff immer vergessen hatten, das „Bitte nicht stören"-Schild außen an die Klinke zu hängen.

Also entschlossen wir uns die Nacht nicht im Zimmer zu pennen und hofften, dass wenn wir am nächsten Nachmittag zurückkämen, alles geregelt sei. Erst gingen wir mit zwei Mädels aus unserem Hotel auf deren Zimmer, aber als die Hässlichere der beiden merkte, dass wir ungeschickten Trottel beide nur ihre Freundin wollten, fing sie an rumzuzicken, sie wolle schlafen, und bat uns hinaus. Da die Straßen leer waren und keine Bar mehr geöffnet hatte, holten wir uns meine Decke und flohen kurzer Hand zum Strand, wo wir natürlich anstatt wie geplant den Sonnenaufgang abzuwarten, einschlummerten.

Als wir nach dem folgenden lustigen Strandtag mit vielen neuen Bekanntschaften, die noch den gesamten Urlaub bereichern sollten, ins Hotel zurückkamen, war der Dreck tatsächlich weg, aber am nächsten Tag wurden wir wieder von der Putzfrau geweckt, die einen Riesenerz machte um die „incontinencia", was das einzige Wort war, das ich verstand.

Die von uns so getaufte „Flucht vor der Scheiße" wurde

zu einem derartigen Running Gag in unserem Freundeskreis, dass das Mallorcaticket zu meinem 25. in einem selbstgebastelten Pappmodell eines Klos verpackt war.

Ich setze mich zu Rob und Mimu auf den Balkon, schaue über die Bucht und mache ein paar Fotos. Die beiden erklären mir, hinter welchen Fenstern sie schon interessante Weibchen ausgemacht hätten. Rob zeigt mir auf seinem Handy die Bilder ihres ersten Tages und ein Video vom gestrigen Abend, wie Mimu mit einem Helmut über den Preis verhandelt für gleich vier Rey Beris und eine blöde elektronische Eselfigur, die auf Knopfdruck Gitarre spielt, aus einem Lautsprecher singt und mit den Hüften wackelt.

Nachdem wir die beiden Sektpullen geleert haben, schnappen wir uns jeder ein Handtuch, verteilen die Kopfbedeckungen und machen uns über den kleinen Laden gegenüber vom Hotel, in dem Rob eine Runde Einliterflaschen San Miguel schmeißt, auf den Weg zum Strand. Am Bierkönig nehmen wir die letzten Minuten Freibier mit, bevor wir auf Höhe des Mega Parks unsere Handtücher platzieren.

Die Kreativität mancher Gruppen beim Lagerbau und bei den Outfits erstaunt mich immer wieder. Links von uns erhebt sich ein Oktogon aus auf die Seite gedrehten Sonnenliegen, über das eine Mankinis tragende Männermeute die Bayerische Flagge gehisst hat.

Rechts von uns hat sich ein Junggesellenabschied eine stattliche Windsegel-Burg mit einem Schutzwall aus Sonnenschirmstangen und leeren Bierflaschen gebaut, in der der vermeintliche Bräutigam mit blonder Perücke und im rosa Prinzesschentutu von einer Schar in aufgeblasenen Plastik-

Sumoringeranzügen bewacht wird und jeder vorbeilaufenden holden Maid, die ihn befreie, ein „Damengedeck" aus Pikkolo und Sahneklopfer verspricht. Wenn man sich einen Überblick über die deutschen Dialekte verschaffen will, sollte man zur Platja de Palma.

Nach der Anreise zieht es mich sofort ins Wasser. Ich liebe diesen Moment, wenn man sich nach Monaten das erste Mal wieder ins Meer fallen lässt, schwerelos erscheint, nur bewegt von den seichten Wellen und der leichten Strömung und unter Wasser bis auf ein entferntes Rauschen alles ruhig wird. Ich schwimme ein Stückchen raus und tauche ein paar Meter hinab und lasse mich regungslos mit ausgebreiteten Armen treiben und beobachte wie sich das Licht grün, blau, weiß und türkis bricht und wünsche mir, ich müsste nie wieder auftauchen.

Die Luft wird knapp und ich muss hoch zum flimmernden Licht, aber ich paddle mit kleinen energischen Handbewegungen auf dem Rücken und versuche nur mit Mund und Nase aus der Wasseroberfläche hinauszuragen, damit meine Ohren weiterhin gedämpft unter Wasser bleiben können. Ich schließe die Augen. Hin und wieder kommt eine größere Welle und bedeckt mein Gesicht mit Wasser, welches ich wegpruste. Die tieferen Wellentäler legen kurz meine Gehörgänge frei und für eine Weile erreicht mich mit dem Windzug der Lärm der tausenden Badegäste bis das Wasser wieder ebener wird und das Gedröhne abrupt beendet.

So beruhigend und gleichzeitig belebend habe ich das Meer lange nicht mehr wahrgenommen, es kurbelt meine Unternehmungslust an. Als Junge habe ich mit anderen Kindern oft geangelt oder Boule und Strandfußball gespielt, und als Jugendlicher habe ich Windsurfen und Wasserski ausprobiert. Oder ich bin stundenlang barfuß die Küstenfelsen entlang geklettert, auf der Suche nach geeigneten Stellen, um ins Wasser zu springen. Einige waren bis zu zehn, fünfzehn Meter hoch, das kam beim anderen Geschlecht gut an. Leider hat S'Arenal keine Klippen, aber ich habe die Ränder der Bucht auch noch nie erforscht, fällt mir auf, sondern bin die letzten Jahre schlaff im Wasser rumgedümpelt.

Mich überfällt ein starker Tatendrang und ich kraule mit ambitioniertem Tempo und kraftvollen Bewegungen schnurstracks weiter aufs Meer bis ich die letzte Boje hinter mir lasse und das Wasser dunkelblau und unendlich in die Tiefe und in die Ferne erscheint.

Es ist wie damals, als ich mit meinem Onkel auf seinem Boot segeln war und ständig vorne ins Meer sprang, so schnell wie möglich auftauchte und in das an einem Seil hinterhergezogene kleine Beiboot kletterte. Einmal verpasste ich es und schwamm mehrere Minuten, während mein Onkel genervt eine Wende vollziehen musste, alleine im offenen Mittelmeer, was ein ohnmächtiges Gefühl der eigenen absoluten Winzigkeit und Machtlosigkeit gegenüber der Natur in mir hervorrief und ich froh war, als ich wieder an Bord steigen konnte.

Ich drehe um und nutze die Wellen um Kraft zu sparen. Das kleine Sportprogramm hat mich zu meinem Entsetzen ganz schön geschafft, obwohl ich dachte recht gut in Form zu sein. Beim Hinauslaufen kommen mir Rob und Mimu mit drei offenen Bieren entgegen und drücken mir eines in die Hand.

„Und, wollen wir mal kurz im Wohnzimmer vorbei-
schauen?", grinst Rob schelmisch und blickt zum Mega
Park.

Da steht sie, die bittersüße Versuchung. Du liegst entspannt am Strand oder lässt dich im warmen Wasser treiben,
und dann läufst du hundert Meter und tauchst ein in eine
andere Welt, die fast rund um die Uhr aus Feiern besteht.
Eine mit leicht bekleideten Frauen auf den Tischen tanzen-
de, nie versiegende Alkoholströme saufende und sich in den
Pool oder den Schaum fallenlassende Utopie. Kein Lu-
xusparadies, aber ein Paradies, mit dem Reiz des Unver-
nünftigen, Verkommenen, auf das man eben nicht abbrem-
send Acht geben muss wie auf etwas Edles. Die Anziehung
ist das Zerstörerische gegenüber Regeln, Stil, Moral und
dem eigenen Körper, das seit jeher leichter und vergnügli-
cher daherkommt, als das mühselige Aufbauen und Erhalten. Freiheit von Verantwortung und Erwartung, ungeniertes
Leben mit dem besagten schlechten Ruf.

Auf der Bühne treten die Atzen auf und die gefüllte Flä-
che grölt mit wie in einem Fußballstadion. Wir bahnen uns
einen Weg ins Zentrum und stellen uns an einen Tisch mit
etwa einem Dutzend ausgelassen tanzender Mädels in Abi-
Shirts, die meinen, sie seien eben erst gelandet und müssten
auf die Reinigung ihrer Hotelzimmer warten. Da es so laut
ist, sie von sich aus nichts fragen und ich keine Lust habe,
mich brüllend zu unterhalten, erzählen wir uns sonst nichts.

Wie auf den Partys zu meiner Schulzeit tanze ich von
hinten eine Brünette an und ergreife ihre Taille, aber sie
schiebt meine Hand weg. Früher habe ich manchmal einen
halben Abend damit vergeudet, mich bei einer vorzutasten,

jetzt gehe ich einfach weiter und kreise um die Nächste. Die ist wilder und setzt die Arme ein und dreht zu ihren Hüftbewegungen ihren Kopf, so dass ihr offenes blondes Haar umherfliegt. Wie wenn man Wellen beobachtet, um den günstigsten Moment auszumachen, ein Boot auf See zu schieben, warte ich ihren Takt ab, passe mich ihm an und docke an ihren geschmeidigen Körper an. Ich umschlinge ihren Bauch und sie legt ihre Hände auf meine und unsere Ärsche schwingen synchron. Sie dreht sich um und streckt ihre Unterarme auf meine Schultern und schaut mich kurz leicht von unten an und sofort wieder weg. Mit einem Bein stehe ich zwischen ihren, so dass sie mehr oder weniger mit ihrer Muschi auf meinem Knie sitzt. Ich fasse ihr mit meiner rechten Hand an Wange und Nacken und küsse sie.

Schon zu Beginn des Studiums habe ich aufgehört mit diesem langen Rumreden und mit dem Zeichen verstehen, und angefangen so früh wie möglich alles auf eine Karte zu setzen. Das geht oft schief, aber man nutzt die Zeit effektiver. Und gerade auf Mallorca habe ich schließlich nur vier Tage und keine Muße, mich lange zu unterhalten, mehrmals zu daten und abzuwarten ob ich am nächsten Tag weitergehen kann. Hier werden Tage oder Wochen des Kennenlernens zu Stunden und Minuten komprimiert.

Sie erwidert den Kuss und ich ziehe sie mit den Tanzbewegungen enger zu mir. Als ich mein Bein leicht anspanne um einen gewissen Druck zwischen ihren Beinen aufzubauen, dreht sie sich allerdings wieder um und geht auf ihre Freundinnen zu, die dabei sind aufzubrechen. Die Mädchen verabschieden sich in Richtung Hotel, um ihre Zimmer zu beziehen. Meine Tanzpartnerin kommt schnell einen halben

Schritt auf mich zu, küsst mich mit so einem Zwischending aus Schmatzer und Zungenkuss und geht.

Kurz habe ich ein schlechtes Gewissen wegen Nina in Berlin, aber eigentlich doch nicht. Eher denke ich darüber nach, ob ich eines haben sollte. Aber schließlich ist sie nicht meine Freundin. Wenn ich ehrlich bin, weiß ich gar nicht, was genau das zwischen uns ist.

Ich habe sie vor einigen Monaten auf dem Geburtstag eines Freundes kennengelernt. Für eine Sexaffäre sehen wir uns zu häufig und da ist diese Zuneigung, dieses Gefühl den Anderen zu kennen. Für eine richtige Beziehung haben wir jedoch zu lange Pausen, in denen wir gar nichts voneinander hören und wir verleben nicht den Alltag zusammen und stellen uns nicht unseren Eltern und Freunden vor. Wenn ich es runterbreche, trinken und feiern wir hauptsächlich gemeinsam, aber eben nicht nur oberflächlich, es ist schwer zu beschreiben, es ist wie eine Therapie, in der wir das jeweilige Spiegelbild der unsoliden Eigenschaften des Anderen zur Selbsterkenntnis darstellen. Keine wirkliche Partnerschaft, oder?

Mimu bestellt einen Meter Long Island Icetea und durch Rob geraten wir in ein Fußballfachgespräch mit einer dazugekommenen Männergruppe, die ebenfalls einen Meter ordert. Rob und die anderen zählen lauter Beispiele auf, inwiefern der Fußball dreckiger Kommerz geworden sei und mit der Herkunft der Vereine nichts mehr zu tun hätte, und in dem die Fans nur noch videoüberwacht still auf ihren Sitzplätzen hocken, sich jede Saison ein neues Trikot kaufen, das überteuerte Lightbier der Sponsoren sowie die steigenden Ticketpreise schlucken und ansonsten die Fresse halten sollen. Obwohl ich früher öfters im Stadion war und ähnlicher Meinung bin und dieses Bildnis auf die Gesellschaft und die Bürger generell zutrifft, beteilige ich mich nicht an der Unterhaltung. Ich überlege zwar etwas zu sagen und eigentlich halte ich mich bei solchen Themen selten raus, aber ob ich zustimme oder nicht, wir können uns hier so viel beschweren wie wir wollen, am Stehtisch werden wir es nicht ändern.

Es dauert nicht lange und wir liegen uns alle auf den wackeligen Barhockern hüpfend in den Armen, flößen uns gegenseitig große Schlucke ein und stimmen Hymnen an, die von anderen Männerhaufen erwidert oder unterstützt werden.

Ich tauche kurz in den kleinen Pool, die Gegenüberstellung der geschätzten Anzahl der potentiellen Benutzer mit dem geringen Fassungsvermögen und dem unbekannten Wasserwechselturnus, lässt mich allerdings schnell wieder auftauchen und herausgehen. Die Metersäule zeigt Wirkung. Manche Bilder verlaufen im Zeitraffer, andere in Zeitlupe und über alles scheint sich ein milchiger Schleier zu legen. Meine optische Wahrnehmung hängt meinen Kopf- und Augenbewegungen hinterher. Meine Nase scheint dafür umso empfindlicher zu sein und mir fällt erstmals auf, dass der Mega Park an vielen Stellen wie ein vollgekotztes Hallenbad stinkt.

Wir gehen zurück zum Strand, fläzen uns in die Brandung und fragen erfolglos vorbeilaufende Frauen, ob sie sich dazugesellen wollen. Dabei gehen uns die Lichter aus.

Wir werden auf unseren Handtüchern wach, was uns etwas verwirrt. Der Strand ist deutlich leerer und wir entschließen uns, zurück zum Hotel zu gehen.

Dort angekommen, springen wir in den Pool, der nach kürzester Zeit mit weiteren Strandrückkehrern richtig voll wird. Die aus allen Richtungen von den Liegen schallenden Handylautsprecher vermischen sich mit der Musik der Hotelbar zu einer dumpfen, nicht mehr einzelnen Genres, Liedern oder Künstlern zuzuordnenden Untermalung der Poolszenerie, die wie ein schlechtes Musikvideo wirkt, mit Goldkettchen und sich räkelnden Bikinischönheiten.

Früher sind mein Vater und ich nach dem Strand oft in ein Fünfsterne-Hotel an den Pool gegangen. Dort gab es ein kleines Sprungbrett und jeden Nachmittag wurde unter einem großzügigen Baldachin mit Loungemöbeln aus Korb und weißen Sitzpolstern ein Film gezeigt.

Eines Tages lief *James Bond - Feuerball*. Das Anwesen des Bösewichts lag wie das Hotel direkt am Wasser auf einer Landspitze und ich stellte mir vor, in dem Hotelpool seien wie im Film Haie und anstatt meines Vaters in Speedobadehose, säße ich im Dinnerjacket an der Poolbar. Es war mein erster Bond und ich wurde nicht nur ein absoluter 007-Fan, sondern James Bond entwickelte sich zu einem ganz besonderen Vater-Sohn-Ding. Jedes Mal, wenn ein Abenteuer des für mich einzig wahren Agenten im Fernsehen lief, schauten wir es uns zusammen an und seitdem es wieder neue Filme gibt, gehen wir sobald einer erscheint, gemeinsam ins Kino.

Aber es war nicht nur dafür der Startschuss, an diesem Tag beschloss ich, ein guter Taucher und Schwimmer zu werden. Ich konnte zwar bereits schwimmen, weil meine

Mutter es mir in der Krummen Lanke beigebracht hatte, aber kurz vor dem Urlaub damals hatte ich mich vor der Seepferdchenprüfung gedrückt, weil ich den Trainer der Schwimmgruppe in meinem Kindergarten nicht leiden konnte und mir alles gezwungen vorkam. Da dachten die Erzieher, die mich ja nicht in der Freizeit am See kannten, ich sei ein Sport-Loser.

Als ich *Feuerball* sah, die lässigen Strandklamotten, die Tauchergadgets, die Haie, das helltürkisfarbene Wasser mit den Korallen und die Unterwasserschlacht, wollte ich länger, schneller und weiter schwimmen und tauchen als alle anderen. Am nächsten Tag musste mir mein Vater eine Taucherbrille, einen Schnorchel und Flossen kaufen und ich war nicht mehr aus dem Wasser und von den Unterwasserfelsen am Klippenrand, wo es am meisten zu sehen gab, zu bekommen.

Zurück von Mallorca und frisch eingeschult, holte ich mein Seepferdchen nach, legte gleich das Silber- und Goldabzeichen zum Erstaunen aller Lehrer drauf, trat einem Schwimmverein bei und vertrat meine Schule als Jüngster im Team bei Schwimmwettkämpfen.

Mimu kauft an der Hotelbar frischgezapftes Bier, während Rob und ich drei am Pool rotierende Luftmatratzen ergattern, die von Abreisenden zurückgelassen wurden. Rücklings mit dem Bier in der rechter Hand und die Luftmatratze eines anderen in der linken, lassen wir uns als Dreieck auf dem stark gechlorten Wasser treiben. Das Bier ist eiskalt und spritzig und schmeckt viel besser als dieses Freibier, und es lässt mich den kleinen Sonnenbrand vergessen, den ich mir bei unserem Nickerchen eingefangen habe. Richtige Urlaubsstimmung kommt auf.

Mimus Haut scheint mehr abbekommen zu haben. Er trinkt sein Bier aus und gleitet von seiner Luftmatratze zur Beckenleiter, holt einen Sonnenschirm aus dessen Ständer, kommt mit ihm in einer Hand zurückgeschwommen und hält ihn über unser kleines Floß.

„So lässt es sich leben!", ruft Rob in die Runde und nimmt einen gespielt leckeren großen Schluck aus seinem Bierglas. „Aaahh, köstlich!"

Ich glaube, er braucht diese Feiertrips. Das ist seine Form der Meditation, des Akkuaufladens. Er macht auch lange und weite Reisen mit seiner Freundin, einen guten Job, in dem er genug verdient hat er ja, aber nach drei bis vier Wochen der Überstunden und des Alltags mit früh aufstehen, arbeiten und früh schlafen, muss er einfach sein Haus im Grünen vor den Toren Berlins verlassen und ein paar Tage ausrasten. Danach kann man die Uhr stellen. Zum Monatsende, wenn der Schichtausgleich einige freie Tage angesammelt hat, kommt die Nachricht: „Was liegt am Wochenende an? Berlin oder Kurztrip nach Dublin, Brüssel oder Stockholm?"

Seiner Freundin erzählt er, seine Kumpels würden ihn wieder drängen. Als Christoph noch verlobt und kinderlos und ich gerade in festen Händen war, obwohl das schnell wechselt und ich ein großer Fan von Affären bin, haben wir das Gleiche unseren Partnerinnen erzählt. Folglich gaben die jeweils unseren Freunden die Schuld für die regelmäßige Abwesenheit und die Exzesse.

Nachdem Rob und ich ausgetrunken haben, gehen wir

hoch ins Zimmer und duschen. Kaltes klares Wasser auf sonnenlädierter aufgeheizter Haut ist einfach großartig. Man fühlt sich noch sauberer als sonst nach dem Duschen. Flugs auf den Balkon und sich von der Abendbrise lufttrocknen lassen und man ist wieder richtig belebt.

Jetzt kommt der Teil, bei dem ich mir das Hotelessen mit den Jungs erschleichen muss, aber darin bin ich erfahren. Bei einem früheren Urlaub sind wir in so einem richtigen Ranzhotel gelandet. Wir hatten das, wie man es damals noch ohne Internetportale und Onlinebewertungen machte, klassisch im Katalog in einem Reisebüro ausgesucht.

Das ganze Hotel glich mehr einem kleinen renovierungsbedürftigen Wohnhaus, in das notdürftig einzelne Zimmer hineingeflickt wurden. Der Pool war winzig und mit ausgeblichenem und löchrigem Kunstrasen umgeben. Das Essen der Halbpension war dermaßen schlecht, dass wir fast jeden Tag in die Restaurants der anderen Hotels am Ort gingen und uns als Hotelgäste ausgaben.

Das war durchweg easy bis eines Abends ein Kellner unsere Zimmernummer wissen wollte und ich im Augenwinkel mitbekam, wie er mit so einem an der Wand hängenden Telefon am Kücheneingang mit jemandem sprach um unsere ausgedachte Nummer zu prüfen. Daraufhin sprangen wir zum Schreck der anderen Besucher polternd und klirrend auf und rannten weg.

Aber hier scheint es keinen zu interessieren, wer in welchem Zimmer wohnt. Nur die selbstmitgebrachten Biere müssen wir sofort wegräumen, da Getränke extra kosten. Die Kellner laufen schnell und souverän zwischen den vollbesetzten Tischen durch, räumen das benutzte Geschirr ab und stellen ohne Pause Nachschubbleche auf die sich trotzdem in Windeseile leerenden Büffettresen. Ihre schwarzen Hosen und weißen Hemden, auch wenn sie aus Polyester sind und schlecht sitzen, stehen in einem amüsant anzusehenden Kontrast zu den Gästen, die in Trägerhemden, bunten Shorts, Badeklamotten oder sogar mit freien Oberkörpern vor ihren Tellern lungern.

Das Hotelrestaurant ist einer der unterschätztesten Orte um Frauen anzumachen. Hier hat man seelenruhig den Überblick und die Schlangen am Büffet und die begrenzte Anzahl von Plätzen, die einen zwingt, sich irgendwo dazuzusetzen, macht das ins Gespräch kommen zu einem Selbstläufer. Irgendwo habe ich mal gelesen, dass es früher im Robinson Club nur große Tische gab und man erst etwas zu essen bekam, wenn mindestens sechs Personen zusammensaßen.

Da ich aber außer meinen Äpfeln zum Frühstück in Berlin noch nichts zu essen hatte, habe ich keine Lust auf Konversation und schaufele mir drei Teller Schnitzel mit Pommes, Lasagne und Calamari mit Reis rein bis mir übel ist und ich die Anderen dränge, wieder aufs Zimmer zu gehen, wo ich auf dem Bett döse, während Rob und Mimu Bier trinkend mit ihren Handys auf Facebook rumtippen und versuchen, die kennengelernten Mädels zu finden. Bevor es diese ganzen Sozialen Medien gab, hatte ich ein kleines Adressbüchlein in das ich die ausgetauschten Kontaktdaten der Urlaubsbekanntschaften eintrug und manche kamen zu Besuch nach Berlin oder schickten Briefe.

Mir ist immer noch schlecht und ich überlege, ob das vom Überfressen, dem Suff oder dieser komischen Sauce zum Calamari kommt. Ich muss daran denken, wie meine Eltern mal mit mir in ein kleines Fischrestaurant direkt an irgendeinem Hafenbecken gegangen sind und dort auch Calamari gegessen haben. Genau genommen waren es zwei Restaurants, eines im Erdgeschoss, das mehr eine Imbissbude war und nur tagsüber auf hatte und eines im ersten Stock darüber, mit einer kleinen Terrasse mit niedrigen abgerundeten Begrenzungsmauern, das erst abends öffnete.

Das untere war komplett weiß gefliest und durch eine summende Neonröhre an der Decke grell erleuchtet und an den Wänden hingen einige vergilbte Kalenderseiten mit Motiven von Fischerbooten. Innen standen nur zwei weiße Plastiktische mit weißen Plastikstühlen, auf denen meistens alte, Pfeife rauchende Männer mit grauen Schnurbärten und viel zu großen Jacketts saßen und auf dem Boden konnte man Fragmente von Fußabdrücken in Pfützen aus Fischblut und Wasser erkennen.

Im hinteren Bereich erhob sich ein blauer Kühltresen, in dem der frisch reinkommende Fang auf Eis gelegt wurde und an dem man bestellen und sein Essen abholen musste. Es gab nur gegrillten Fisch von der morgendlichen Fahrt und als Beilage konnte man wählen zwischen Brot oder einer Kelle Gemüsereis aus einem großen Topf. Hinter dem Tresen präparierte eine ältere Dame in einer Kittelschürze die Pappteller und gab laute Kommandos an ihren Sohn, der seitlich an einem rauchenden und zischenden Grill stand und mindestens genauso laut ständig irgendwas mit „Mamá" rief.

Das obere Restaurant war innen mit dunklem Holz verkleidet und überall hingen Netze, aufgesammeltes Strandgut und Schiffsutensilien aus Messing, die mich minutenlang in ihren Bann zogen. Tief hängende dunkelgrüne Lampen tauchten alles in ein schummerig warmes Licht und an der einen Wand standen Aquarien, in denen Langusten und Hummer umhertappten. Eigentlich sollte ich hier meinen ersten Hummer probieren und persönlich aussuchen, aber als ich vor dem blubbernden Becken stand und die friedlichen Schalentieren mich mit ihren kleinen dunklen Augen und zarten neugierigen Fühlern ansahen, konnte ich es einfach nicht übers Herz bringen, dass eines gleich auf meinen Fingerzeig hin in kochendes Wasser geworfen würde. Also nahm ich, was ich meistens an Fisch bestellte, eine Seezunge am Stück mit Kartoffeln.

Als es leerer wurde, spielten wir auf der Terrasse zu dritt Mau Mau und ich bewunderte den leuchtenden Mond und die hellen Sterne über den Konturen der Hafengebäude mit den Silhouetten der Wassertanks und Fernsehantennen auf den Dächern, und ich wollte wissen, wo welches Sternenbild ist. Der Besitzer, ein kleiner Dicker mit längerem, nach hinten gekämmten, schütteren Haar, setzte sich mit einer kleinen Gitarre und einer Flasche Mirabellenlikör, den meine Mutter so mag, dazu und sang spanische Lieder bis er ganz verausgabt war und sich mit einer Stoffserviette den Schweiß von der Stirn wischen musste.

Das war in den großen Sommerferien kurz bevor meine Eltern sich trennten und ich von da an nur noch mit meinem Vater nach Mallorca und mit meiner Mutter an die französische Atlantikküste gereist bin.

Nachdem alle Bekanntschaften digital versorgt wurden,

kümmern sich Rob und Mimu zankend, ob das neue Lied von Mickie Krause gut sei oder nicht, um Musik und präparieren eine Mischung Jim Beam Ginger Ale, die wie ein wohltuender Digestif auf den Calamari wirkt und meinen gluckernden Magen mit schützender Wärme umhüllt. Draußen ist es mittlerweile dunkel und wir verlassen das Hotel in Richtung Bierkönig.

Diese milden Abende und Nächte, so dass man rund um die Uhr T-Shirt und kurze Hose tragen kann, das ist das Beste am Süden. Trotzdem kann ich es mir nicht vorstellen, das ganze Jahr hier zu leben. Ich brauche die vier Jahreszeiten für meinen Biorhythmus oder wie man das nennt. Wenn ich jeden Tag Sonne und Wärme hätte, wäre es nichts Besonderes mehr und ich könnte mich nicht mehr derart daran erfreuen, nachts mit kurzen Klamotten durch die Gegend zu laufen.

Da fällt mir ein, dass ein alter Grundschulfreund vor einigen Monaten nach Mallorca ausgewandert ist und hier YouTube Videos dreht. Eigentlich hätte ich auch bei dem unterkommen können. Aber dann fragt der mich wieder nur, was ich zur Zeit mache.

Im Bierkönig trinken wir lediglich eine Runde Pilsettchen, da auf der Bühne nichts los ist und die meisten stattdessen auf die Großleinwand glotzen und ein grottenschlechtes Fußballspiel um einen dieser uninteressanten Sommerpausenpokale verfolgen. Klassische Salamiparty.

Wir ziehen weiter zur MegaArena, vor der großer Andrang herrscht, da heute Jürgen Drews auftritt. Zum Aufwärmen ballern wir uns jeweils zwei braune Tequila rein, die ein System aus abwechselndem Tanzen und Tequilatrinken einläuten. Als Jürgen Drews endlich auf die Bühne kommt, realisiere ich nur noch wenige verzerrte Bilder, Umrisse und grobe Bewegungen. Die Bühne, der Boden, seine dämliche Krone, alles dreht sich und die Entfernungen scheinen zu variieren. Sie wirken weit weg und Millisekunden später schlagartig herangezoomt. Dann wird mir schwarz vor Augen.

Tag 2

Am nächsten Morgen werde ich durch irgendein Gefriemel an meinem Kopf und unruhiges Glucksen wach. Das Licht durch die kleinen verklebten Schlitze meiner Augen wird heller bis ich Rob erkenne und im gleichen Augenblick zusammenzuckend erschrecke, da ich durch meine Bewegungen die leeren Bierdosen, die er um meinen Kopf drapiert hat, auf den Fliesenboden werfe.

Durch den Krach kommt der in Unterhose in Embryonalstellung neben mir liegende Mimu zu sich. Rob ist wohl schon eine ganze Weile auf und hat es sogar zum Frühstück geschafft. Er drückt uns jeweils ein mitgebrachtes Käsetoast in die eine und einen Gin Tonic in die andere Hand. Anscheinend hat alles geklappt wie geplant und keinen an der Rezeption hat es interessiert, ob ich Hotelgast bin oder nicht und so unbequem zu dritt in den zwei Betten war es offenbar auch nicht.

Mein Schädel dröhnt, als sei das Innere gewachsen und drücke mit jeder Bewegung zunehmend gegen die Knochenwände. Von meiner Brust steigt ein saures Sodbrennen zum Rachen auf. Mein Mund ist trocken und pelzig, so dass die Schleimhäute regelrecht aneinander pappen und ich ihn nur leicht öffnen kann.

„Weiß einer wie wir ins Hotel gekommen sind?"

„Also ich nicht wirklich, wie die Nacht davor", sagt Mimu mit leicht selbstvorwurfsvollem und enttäuschtem Ton.

„Naja, Mimu wurde mir mehr oder weniger von ein paar

Hühnern angewidert in die Hand gedrückt, weil er seine unzurechnungsfähige Suff-Niesattacke hatte und die Rotze überall in seinem Gesicht hing. Dich habe ich in der Nähe der Bühne gefunden, wie du alle Frauen betanzen wolltest, aber selbst kaum mehr stehen konntest und sie vor dir geflohen sind. Dann wolltest du plötzlich unbedingt gehen und wir sind mit Mimu los bevor er ganz abschmiert. Aber du hast noch gut Fotos gemacht die ganze Zeit", erzählt Rob und deutet auf mein iPhone auf dem Nachtisch.

Da ich der Einzige bin, der beharrlich sein Handy mitnimmt, was mich bereits drei Telefone die letzten zwei Jahre gekostet hat, nennen sie mich auch den Hoffotografen. Die Beweisfotos am Morgen danach sind ein wunderbares Nebenprodukt des Feierns und seit Jahren haben wir den Plan, uns kleine Helmkameras zu besorgen, um damit die Abende, von denen man oft nicht mehr viel weiß, besser dokumentieren zu können.

Und wer weiß, wie sich das entwickelt, ich habe den Traum, daraus eine Doku oder so zu machen, mit Material von anderen Touren und Städten, mit Interviews von Einheimischen und Berichten aus alt eingesessenen Bars.

Aber die beiden zieren sich was das angeht, weil sie mit Blick auf ihre Jobs Schiss haben erkannt zu werden und sich höchstwahrscheinlich für die Menschen vor Ort und ihre Geschichten gar nicht interessieren. Mutmaßlich ist das der wahre Grund, warum wir das mit den Kameras nicht umsetzen. Genauso wie sie sich bei den anderen Ideen querstellen, die Backpacking-Weltreise, der Blog, das sich zusammen selbstständig machen.

Ich merke, wie ich plötzlich von Rob und Mimu genervt

bin, von ihrer abnehmenden Experimentierfreude, Risikobereitschaft und Kreativität, und davon wie sie es einfach zulassen oder nicht mal erkennen, dass unsere Freundschaft sich verändert. Ich bin genervt von mir selbst, dass ich mich nicht löse, sondern festsetzen lasse. Aber ich will jetzt nicht rumzicken, die Stimmung kaputtmachen und mir wieder nur anhören dürfen, ich sei ein Hipster geworden. Darüber kann man bei Gelegenheit in Berlin reden.

Obwohl wir alle die gestrige Nacht merken und die ersten Schlucke in der leeren Magengrube schmerzen, machen wir uns zügig für den Strand fertig. Viele auf Malle verschlafen ja den halben Tag, aber wir wollen die Zeit maximal ausnutzen. Dann muss man halt, egal wie fertig man ist, seinen Körper zwingen. Wenn man nach zwei Tagen Organschmerzen hat und meint, nicht mehr weiter feiern zu können, muss man seinen Organismus einfach überlisten und ihn wie jetzt so schnell wie möglich mit einer flott eingenommenen hohen Dosis betäuben.

Da wir alle noch nicht geduscht haben, springen wir kurz zum wacher werden in den Hotelpool und ziehen mit unserer Standardverpflegung vom Eckladen zum Meer. An der Promenade angekommen kaufen wir uns in einem kleinen im Souterrain unter einer Eisdiele liegenden Getränkemarkt einen Eimer und entscheiden uns aus dem vorsortierten Mischangebot für das Set aus einer Flasche Likör 43, mehreren Tüten Milch und natürlich Eiswürfel.

Das ist auch so ein Gerücht, das jede Saison aufs Neue in Deutschland gestreut wird, jetzt verbieten sie die Eimer auf Malle. Blödsinn, nur die Art des Ausschanks hat sich mehrmals geändert. Berühmt wurde das Eimersaufen ja am Ballermann 6, wo man die Gemäße, anfangs nur mit Sangria, direkt kaufen konnte. Das erste Mal war ich mit Christoph und meinem Vater Ende der Neunziger dort, als wir nach einem Ausflug durch Palma, kurz nach S'Arenal gefahren sind.

Der Film *Ballermann 6* war gerade populär angelaufen und mehrere Kinos wurden während den Vorstellungen verwüstet und ich wollte diesen schlechten Einfluss unbedingt live verifizieren. Ich nervte meinen Vater, der eigentlich nach der Besichtigung der Kathedrale lieber in der Altstadt von Palma etwas trinken wollte, bis er ja sagte.

Wir waren noch nicht sechszehn, aber mein Vater erlaubte, dass wir uns zu dritt eine kleine Karaffe Sangria teilen. Ich habe dieses Bild immer noch vor Augen, wie er mit uns zwei in Fußballtrikots gekleideten Jungs inmitten dieses überfüllten Stückchens Promenade saß, verhalten an seinem Glas nippte und mit ansehen musste, wie sein Sohn, den er eben noch mit dem kulturellen Austausch zwischen Spaniern und Mauren begeistern wollte, sich einen Hut aus Strohhalmen bastelte und sich der elterlichen Einflusssphäre endgültig im Zuge einer Polonäse entzog.

Auf jeden Fall, als den Behörden das mit den Menschenaufläufen und dem Rumgegröle am Ballermann 6 zu viel wurde, haben sie das Ausschenken und Trinken von Eimern in diesen ja ursprünglich nur als Strandbistros geplanten Balnearios verboten. Die Trinkwütigen zogen aber einfach weiter und kauften ihre Eimer in den umliegenden kleinen Geschäften, die längst mit auf den Zug gesprungen waren, wodurch sich das Phänomen nur noch weiter über den gesamten Bereich von Ballermann 3 bis 9 ausbreitete. Als das gestoppt werden sollte und der Verkauf von Getränken in Eimern untersagt wurde, war es längst zu spät, um es konsequent durchsetzen zu können. Die Händler an der Promenade boten einfach die Behältnisse und Spirituosen getrennt von einander an und die Käufer mixten sich die Ingredienzien selbst zusammen. So ist das noch heute und der Ballermann 6 ist eine langweilige Imbissbude geworden.

Auch jetzt ist nichts los. Die jungen Leute sitzen stattdessen auf der kleinen Promenadenmauer zum Strand, mischen ihre Plastikeimer, machen Fotos und führen ihren Paarungstanz um das andere Geschlecht auf. Im Vergleich zu damals, finde ich die Menschen jetzt schöner. Der in den Neunzigern weitverbreitete Vokuhila ist akkurat gestriegelten Frisuren gewichen und verrät, dass das Paradoxon aus deutschen Muckibuden, zurecht gemacht zum schweißtreibenden Training zu gehen, sich auf den Strand ausgeweitet hat. Tatsächlich sieht man, dass viele Männer und Frauen regelmäßig ins Fitnessstudio gehen und das auch zeigen.

Ein alter Bundeswehrkamerad hat mir erzählt, dass er und seine Kumpels bei ihren Mallorcatrips sogar extra nach Can Pastilla ins McFit-Studio fahren, weil vier Tage ohne Gewichte ihren Trainingsplan stören würden. Das setzt einen ganz schön unter Druck. Rob und Mimu regen sich ständig auf, schon Komplexe zu bekommen mit freiem Oberkörper herumzulaufen.

Uns kommen unter dem Radau eines Ghettoblasters sechs blutjunge und gertenschlanke Promoterinnen entgegen, die direkt vor uns Halt machen. Alle haben das gleiche Outfit aus hellblauen engen Hotpants und Tanktops an. Eine

Schwarzhaarige mit einem großen Tattoo auf dem für ihre schmale Taille riesigen Dekolletee hat ein Megafon in der Hand, springt auf die Mauer und preist eingeleitet von diesem hellen Sirenengeheul die heutige Party im Riu Palace an, während ihre Kolleginnen die dazugehörigen Flyer an die Umstehenden verteilen.

Mimu und ich haben auch mal als Promoter gearbeitet, allerdings nur zwei Stunden, dann wurden wir wieder gefeuert. Es war während unseres ersten Partytrips als Jungspunde nach Cala Ratjada und für uns alle war es mit sechszehn, siebzehn der erste richtige Urlaub auf eigene Faust ohne Eltern.

Am Strand lernten wir einen Flyerverteiler aus Deutschland kennen und nach zahlreichen Flaschen San Miguel dachten wir uns, warum nicht zwei Stündchen Zettel verteilen, mit Mädels ins Gespräch kommen und ein bisschen die Urlaubskasse aufbessern. Also sind wir abends mit unserem neuen Bekannten zu seinem Chef gegangen, dem Betreiber eines Clubs und mehrerer Cafés, und nach fünf Minuten waren wir mit einem dicken Stapel Flyer in der Hand eingestellt.

Wir streunten durch die Gassen und fraternisierten uns mit den unterschiedlichsten Tourigruppen, so dass wir vom Anstoßen und Mittrinken voller und voller wurden, quatschten alle Mädels an, die uns entgegenkamen und sammelten mit Hilfe von niemals einzuhaltenden Freigetränkeversprechungen eine Verabredung nach der anderen.

Alles lief planmäßig, wir dachten, wir hätten die beste Idee des Urlaubes gehabt. Doch im ansteigenden Rausch wurden wir zu dreist und gingen, wenn wir dort hübsche

Frauen sahen, in die Lokale hinein um unsere Flyer zu verteilen. Bei der zweiten Bar ging das schon schief. Ich laberte gerade einen Tisch zu, da sah ich plötzlich eine Faust und dann Mimu fliegen, der in hohem Bogen gegen einen Stuhl krachte und unter einem Rieselregen seiner Flyer neben mir auf dem Steinboden landete. Ein Kellner mit schwarzer Gelmatte und zwei seiner Kollegen kamen laut schreiend auf uns zu. Ich zerrte Mimu blitzschnell hoch und rief: „Lauf!"

Nach einigen Querstraßen und gesunkenem Adrenalinpegel kamen wir keuchend zum Stehen. Das ganze Werbematerial hatten wir verloren und als wir uns neue Zettelchen abholen wollten, motzte der Chef, der wohl von dem Betreiber des Lokals angerufen wurde: „What you think to go to the terrain of the competitors!" Da wir aber nicht einsehen wollten, dass wir für die immerhin gearbeiteten zwei Stunden überhaupt nichts bekommen, hat er uns für den Abend freien Eintritt zur Schaum-Flatrateparty zugestanden.

Also holten wir Rob und Christoph ab, die ein kleines Schläfchen gemacht hatten, und gingen auf die Schaumparty mit dem irrwitzigen Plan, die Flat derart auszunutzen, dass der Chef es bereuen sollte uns gekündigt zu haben. Wir stellten einen Stehtisch mit einer Mischung aus Wodka Energy und Cuba Libre voll und riefen einige Holländerinnen zur Unterstützung heran.

Als die ersten Schaumbläschen die große Rohröffnung unter der Decke verließen, als ob gerade ein Riese auf die Tanzfläche ejakuliert, konnten wir bereits nicht mehr richtig stehen, geschweige denn reden. Mimu und Christoph hatten daher ihre Unterhaltungen mit den westfriesischen Schönheiten auf Körpersprache verlagert und rutschten wild rumknutschend auf dem glatten in Seife getränkten Boden herum. Ich taumelte zur Bar, um mehrere neue Runden zu holen, muss aber auf der Tanzfläche hängengeblieben sein. Schon damals konnte ich mich nicht mehr erinnern. Als meine bewusste Wahrnehmung wieder einsetzte, stand ich stürmisch tanzend auf einer Bühne und schaute auf eine in den Lichteffekten funkelnde Welle aus Spüli und Köpfen, als seien wir im Schleudergang einer riesigen Waschmaschine.

Mir wurde übel. Beim Verlassen meines kleinen Podests trat ich, da der Schaum jede Bodenkonturen aufgehoben hatte, ins Leere und fiel schnurstracks von meiner Empore runter auf den Boden. Dabei hatte ich mir mein rechtes Bein verknackst und musste sogar nach dem Urlaub zum Arzt, der zwar meinte es sei nur eine Prellung, aber feststellte, dass ich eine zu große Hüftgelenkspfanne hätte und im Alter voraussichtlich ein künstliches Gelenk bräuchte.

Nachdem ich auf allen Vieren von der Tanzfläche durch einen Matsch aus verlorenen Badelatschen, Oberteilen, Strohhalmen und Drinkgarnierungen gewatet war und nirgends meine Freunde fand, hinkte ich aus dem Club. Draußen entdeckte ich auf übereinander gestapelten angeketteten Stühlen eines geschlossenen Cafés den zusammengesackten Mimu. Da er trotz leichter Backpfeifen nicht aufzuwecken war, legte ich ihn mir über die Schulter, wobei mir seine erhöhte Position auf dem Stuhlturm, wie auch immer er da hochgekommen war, zugute kam.

Auf der Hälfte der etwa sechshundert Meter zum Hotel hörte ich ein Röcheln und kurz darauf wurde ich angespien. Das Gute am Suff ist ja, dass man Anstrengung, Ekel und das unangenehme Auffallen in der Öffentlichkeit kaum mitbekommt. Also marschierte ich stumpf weiter bis zum Hotel, während die Kotze mir an Rücken und Waden herunterlief. Dort angekommen, sprang ich mit Mimu im Arm einfach in den Pool zum Säubern, zog uns die versifften Shirts aus und hievte ihn auf den Beckenrand, während sich auf dem Wasser ein leichter Teppich aus Schaum und Erbrochenem bildete. Wie genau wir später in die Zimmer gekommen sind, weiß ich gar nicht mehr.

Am nächsten Morgen wurde ich total verkatert und nackt in meinem Bett durch lautes Hämmern gegen die Tür wach. Als Christoph aufmachte, hielt ihm der Hotelier wutentbrannt die pampigen Shirts hin, die ich wohl gestern Nacht im Pool vergessen hatte. Mit starkem spanischen Akzent sprang der Mann zwischen unserem Zimmer und dem von Rob und Mimu nebenan, die er wohl eher wachbekommen hatte, hin und her und steigerte sich in einen regelrechten Rausch. Aus dem anderen Zimmer holte er mehrere Messer und Salzstreuer, die wir zum Tequila-Vorglühen aus dem Hotelrestaurant geklaut hatten. Unkoordiniert gestikulierend, so dass er überall Salz hin verschüttete, brüllte er über den Flur: „Jetzt weiß ich auch wer den halben Zitronenbaum im Innenhof leergepflückt hat! Die Gäste beschweren sich schon über euren nächtlichen Lärm und den Dreck im Pool. Ich schmeiß' euch alle raus!"

Christoph schaute betrübt. Auf meine Aufmunterungssuche, dass wir das schon wieder zurechtbiegen würden, flüsterte er mit einem Fingerzeig auf einige Kratzer an seinem Körper: „Ich glaube nicht, schau dir mal das Bad an." Das Badezimmer war ein Trümmerfeld. Christoph meinte, er sei als er sich nach der Disse den Schaum abwaschen wollte, beim Hineinsteigen in die Duschkabine ausgerutscht und hätte Waschbecken und Spiegel abgerissen. Und weil er durch den Schreck und die Schmerzen so sauer war, hätte er die Reste des zerdepperten Waschbeckens auf das Klo geworfen.

Als der Hotelier das entdeckte, war es natürlich vorbei. Christoph und ich konnten ihn zwar davon überzeugen, dass Rob und Mimu aus dem anderen Zimmer nichts damit zu tun hatten und deshalb bleiben durften, aber wir beide mussten das Hotel verlassen, konnten jedoch in Rücksprache mit unserem Reiseveranstalter für gut dreißig Mark in eine andere Unterkunft umbuchen, was unser Glück war, da sie viel geiler war und wir dort noch die besten Abende des Urlaubs verbringen sollten.

Einige Wochen später wurde unser erstes Hotel in einer dieser Urlaubsabzocke-Sendungen im Fernsehen gezeigt und das zerstörte Badezimmer tat uns nicht mehr leid und wir haben auch nie eine Rechnung oder so erhalten. Trotz allem war es ein super Urlaub und die Geburtsstunde unserer Mallorca-Partycrew. Als Christoph geheiratet hat, antwortete er auf die Interviewfrage für die Hochzeitszeitung, was das bisher Schönste in seinem Leben war: „Urlaub auf Mallorca mit den Jungs". Seine Frau antwortete: „Die Geburt unserer Tochter."

Mittlerweile ist unser Eimer Milch 43 leer und wir gehen von der Promenade runter in den Sand. Heute geht es nicht in den Mega Park, da der zweite Tag traditionell ausschließlich für den Strand reserviert ist. Wir schlagen in Erwartung feucht fröhlicher Stimmung unser Lager neben gut zehn Mann auf, die gerade dabei sind, aus alten Scout-Schulranzen zahlreiche Sixpacks zu einer Pyramide zu stapeln.

Das ist das Tolle am Ballermann, du kannst mit allen sofort ins Gespräch kommen und eine lockere Zeit verbringen. Die Mehrheit ist nett, gut drauf, kontaktfreudig, großzügig und auf jeden Fall freundlicher als in Berlin. Über diese fast schon hippieähnliche Atmosphäre wird viel zu selten berichtet. Man kann jeden ansprechen, zusammen singen und tanzen. Alle wollen einfach nur Spaß haben und sich nicht die wenigen Tage vermiesen. Gemessen an den tausenden von Menschen, viele junge Männer darunter, die meisten am Saufen und auf der Balz, finde ich Mallorca echt friedlich.

Ich weiß nicht, wann diese Schlägereien stattfinden, von denen oft in den Medien berichtet wird. Ich persönlich habe erst eine einzige richtige Prügelei mitbekommen, und die war unter Niederländern im Holländerterrain zwischen den ersten drei Ballermännern, als ich mich vor zwei Jahren im Rausch dahin verlaufen hatte und an einem Imbissstand Kroketten mit unterschiedlichen Füllungen gegessen und mich mit einem riesigen blonden Amsterdamer über Möglichkeiten die TTIP zu stoppen unterhalten hatte.

Die jungen Pyramidenbauer kommen aus der Pfalz und feiern den Saisonabschluss ihrer Fußballmannschaft. Da sie neben den Scout-Ranzen auch mehrere Super Soaker 50 und 100 vor dem Urlaub im Internet gekauft haben, entwickelt sich nach dem ersten Verbrüderungsprost eine stürmische Wasserschlacht, die hauptsächlich dazu dient, kontaktanbahnend hinter anliegenden Frauengruppierungen Schutz zu suchen. Diese Taktik geht voll auf und nach kürzester Zeit ist unser wildes Handtuchfeld auf über zwanzig Personen angewachsen, Tendenz steigend. Und weil wir so eine lustige auffällige Truppe sind, spricht uns ein vorbeilaufender Fotograf von der MalleBZ an und macht einige Aufnahmen.

Rob, Mimu und ich holen, um unseren Beitrag zu leisten, einen Eimer Sangria mit genügend Strohhalmen und stellen ihn in die Mitte. Das sich versammelnde Rudel trinkt das Gefäß in unter einer Minute aus.

Dieser ethanolhaltige Obstsalat ist so eine Art Fluch für meine Familie, der auf die Nachkommen übertragen wird. Mein Vater hat seine erste Flugreise mit vierzehn mit seinen Eltern nach Mallorca gemacht. Mein Opa hatte nach der Kriegsgefangenschaft in Russland hart geschuftet, war selten daheim und wollte der Familie zu dem ersten Fernseher und einem Auto etwas gönnen.

Da saßen sie in so einem Sechzigerjahre Hotel, das aussah wie der Kanzlerbungalow in Bonn oder die Akademie der Künste im Hansaviertel. Mein Großvater wie immer im dunklen Anzug mit Schlips und meine Oma in einem vortastend flippigen Sommerkleid, das mein Opa nur zähneknirschend bezahlt hatte. Sie schauten sich eine Flamenco-Darbietung an und mein Vater durfte sein Sakko ausziehen und von diesem unbekannten exotischen Gesöff namens Sangria kosten, damit er vielleicht seine Flausen im Kopf von dieser Rockmusik und den langen Haaren vergisst. Und weil er noch nichts vertrug, hat er in der Nacht das ganze Hotelzimmer mit der bunten Blümchentapete vollgekotzt und mein Großvater war wieder streng.

Als ich vierzehn wurde, lud mein Vater mich ebenfalls nach Mallorca ein, in dieses Hotel, wo wir damals zum ersten Mal *Feuerball* gesehen hatten. Wie das in dem Alter so ist, lernte ich schnell andere Jugendliche kennen und allabendlich gingen wir in eine Tanzbar, die stets brechend voll war, weil daneben die Ruf-Jugendreisen ihre Unterkünfte hatten.

Einen Abend legten wir Jungs für einen großen Krug Sangria zusammen und luden die Mädchen ein, um sie zu beeindrucken. Und weil wir zwischendurch in Teams Billard spielten und ich das ziemlich gut konnte, da mein Vater mir das ja schon vor Jahren auf Mallorca beigebracht hatte, kam ich bei der einen gut an. Wir schauten nach jedem Spielzug zueinander rüber und wenn ein Stoß nicht erfolgreich war, sagten wir so Sachen wie „Na das hab ich jetzt aber wieder großartig gemacht" und lachten und berührten uns leicht beim Gehen um den Billardtisch, obwohl ich mich innerlich tierisch ärgerte und mich bloß nicht blamieren wollte. Und immer wenn wir den Queue tauschten, blickte sie mir tief in die Augen und mir wurde ganz warm und meine Beine und Arme wurden schwach und labberig.

Irgendwann nahm ich all meinen Mut zusammen, weil schon diverse Typen anfingen um sie herumzuspringen, und fragte sie, ob sie zu den Klippen gehen wolle, da dort ein hübscher Platz sei. Den hatte ich während meiner Suchtouren nach Absprungmöglichkeiten ins Wasser entdeckt und man hatte wirklich einen tollen Blick über die gesamte Bucht mit dem kleinen Dorf, an den gegenüberliegenden Felsen vorbei auf ein Stück der dahinter verlaufenden Küstenlinie und auf das im Mondlicht schillernde Meer.

Wir saßen an einen großen Stein gelehnt und quatschten

über die Schule, doch, ich kann mich täuschen, ich hatte den Eindruck, sie wollte gar nicht groß reden. Zumindest kann ich mich nicht mehr erinnern, was genau sie erzählt hat oder ob sie überhaupt was erzählt hat. Aber ich war auch total aufgeregt und wahrscheinlich plapperte ich ununterbrochen damit bloß nicht so eine unangenehme Stille eintritt. Vielleicht hatte ich sogar ein bisschen Angst vor dem, was dann passieren könnte. Ich hatte ja vorher noch nie ein Mädchen geküsst. Irgendwann kam genau diese Ruhe und ich würde gerne berichten können, dass sich unsere Gesichter ganz langsam, den Sternenhimmel im Hintergrund, angenähert haben, doch wir fingen ohne Knistern sofort an wild rumzuknutschen.

Ihre Lippen waren weich, aber ihre Zunge war trocken und schmeckte nach Zigarettenrauch. Mir wurde schwindelig und die geschlossenen Augen beschleunigten das Karussell in meinem Kopf, so dass ich sie zwischendurch leicht öffnen musste und ihre geschlossenen Augen sah, deren Lider leicht zuckten. Ich kämpfte gegen meine unerfahrene Vorsicht und gegen die in mir umherschwappende Sangria.

Ich wollte dieses spannende, schöne, das alles hier erleben und ausprobieren. In mir wurde etwas geweckt. Ich streifte mit meiner Hand unter ihren Pullover und spürte ihre warmschweißigen, festen Brüste und ihre harten Nippel. Sie stöhnte ganz leise und ich bemerkte wie ich einen Ständer bekam, der sich in der engen Hose Platz verschaffte. Doch in meinem Magen rumorte es und dann stieg ein bitterer Schwall mit kleinen Orangenstückchen meine Speiseröhre hoch, den ich nicht mehr rechtzeitig runterschlucken konnte, und plötzlich war mein Mund, mit ihrer Zunge darin, pausbäckig aufgefüllt. Vor Schreck wich ich einige Zentimeter zurück und hielt meine Hand vor's Maul, an der es seitlich hinuntertropfte. Mir war das so ultrapeinlich, dass ich hätte heulen können. Sie sagte zittrig, sie müsse jetzt ins Hotel bevor sich ihre Eltern Sorgen machen und ging.

Am nächsten Tag sah ich sie noch ein Mal beim Frühstück, aber sie sah mich nicht oder tat so und ich setzte mich auf die andere Seite des Raumes. Am Tag darauf reiste sie ab.

Auch jetzt scheint sich die Sangria an meiner Magenwand festzukrallen und direkt in die Blutbahn durchzubeißen. Die Mittagssonne brennt erbarmungslos und ich habe das Gefühl, hier im Sitzen keine Luft zu bekommen. Jetzt bloß nicht einschlafen und vollends rösten lassen. Ein bisschen Bewegung wäre nicht schlecht.

Aber das Gespräch mit der einen Bremerin läuft gerade ganz gut. Zwar habe ich schon wieder vergessen wie sie heißt, aber ihr Ringpiercing durch die Nasenscheidewand, wie bei einem Tanzbären, sieht irgendwie süß und ordinär zugleich aus, besonders wenn sie lächelt und ihr Oberlippengrübchen den mattschwarzen Ring leicht bewegt und ihre dunkelbraunen Augen leuchten.

Allerdings beteiligen sich zwei der Pfälzer mit am Gespräch um Lieblingsmusik und Lieblingsfilme und ich merke wie sich langsam dieser Kampf, wer sich fortpflanzen darf, herauskristallisiert und gleich das Kasperletheater los geht. Sie genießt es und ich meine darin einen gewissen spielerischen und berechnenden Habitus auszumachen, was mich über ihre wahre Intention und den zu erwartenden

Erfolg nachdenken lässt. Aber wenn ich ehrlich bin, ist es mir gänzlich Wurst, was ich befreiend empfinde.

Ich schnappe mir einen Baustein aus der Bierpyramide, gehe zur Wasserlinie und spaziere am Strand entlang und blicke auf die Fußspuren im Sand und wie sie von den ankommenden Wellen weggespült werden. Als Kind habe ich immer mit anderen Jungen Sandburgen gebaut und sie mit Dämmen und Gräben gegen das Wasser verteidigt und als eine Quallenplage herrschte, haben wir die Glibberdinger mit unseren kleinen Plastikschaufeln eingesammelt und vergraben und abends im Bett musste ich an die erstickenden Quallen denken und habe alles bereut und gehofft, dass das Meer den ganzen Sand wieder runterspült.

Mir kommt Hand in Hand in Pärchen entgegen, circa mein Alter, und obwohl ich nicht verstehe, wie man Holz in den Wald tragen kann, stelle ich es mir schön vor, zu zweit zu verreisen. Das ist schon Ewigkeiten bei mir her, Paris mit einer Exfreundin. Ich meine nicht umarmt knutschend im Wasser stehen oder aufeinander am Strand liegen, dafür gibt es hier genug temporäre Partnerinnen. Ich meine das volle Programm, Seite an Seite im Flugzeug, nur ein Name auf der Zimmerreservierung, mit großem Doppelbett und Frühstück zu zweit, gemeinsam feiern, sich gehen lassen, sein und genommen werden wie man ist. So wie ich mit Nina zusammen weggehen kann.

Von der Promenadenmauer versuchen sich mehrere Männlein in diesen hellblauen Bundeswehr-Sportshirts im Saltospringen, landen aber bis auf einen allesamt recht unsanft im Sand, was ihnen dennoch die Aufmerksamkeit der umliegenden Weiblichkeit einbringt. Ich schaue hoch zu den

Masten, an denen die Überwachungskameras angebracht sind. Was die hier alles zu sehen bekommen. Ich weiß gar nicht, seit wann die hier hängen, aber ich würde gerne mal die Entwicklung der letzten Jahre aus Sicht der Kameras im Schnelldurchlauf sehen. Oder nur einen Tag. Vielleicht kann man sich da ja sogar über das Internet einklinken. Wie eine Wettercam, halt nur als Partycam, über die man mittags nachschauen kann, wo sich am Strand die geilste Fete zusammenbraut.

Wie das hier wohl in den Fünfzigern aussah, vor dem ganzen Zirkus? Wer hat eigentlich Mallorca für die Deutschen entdeckt? Ob man dabei an die Vandalen gedacht hat, die hier schon vor gut Tausendfünfhundert Jahren marodierend über die Insel gezogen sind? Mein Vater wusste so etwas immer.

Bei einem der umherlaufenden rumänischen Getränkeverkäufer beschaffe ich mir ein neues Bier, unter der Bedingung er müsse meine leere Flasche mitnehmen. In jüngster Zeit habe ich oft das Gefühl nicht mehr richtig hacke zu werden, obwohl ich in den letzten zwei Jahren mehr Filmrisse hatte, als in den vorigen zehn zusammen, ich muss also richtig voll werden. Aber dieses nachvollziehbare betrunken werden fehlt, bei dem man den exakten Prozess erlebt, dieses innerlich wärmende Gefühl, die Veränderung der Optik, alles wird dir egal, du hast keine Hemmungen mehr, die unnötigen Details werden ausgeblendet.

Stattdessen bekomme ich neuerdings vieles noch deutlicher mit und zerbreche mir über alles den Kopf, obwohl ich das eben nicht will. Und irgendwann fällt der Vorhang und ich weiß nichts mehr. Meine Kumpels meinen, ich sehe in solchen Situationen gar nicht dermaßen dicht aus und würde den Umständen entsprechend reden, tanzen und Spaß haben. Aber das ist nur eine Art Hülle, mein Hirn ist aus. Chaos, inneres Wirrwarr und letztlich nichts, Leere.

Genauso war es letztes Jahr, als ich erst dachte, ich werde ja gar nicht voll. Der Schädel arbeitete und zerpflückte die Zukunftsaussichten und ich ließ mich am Strand dazu hinreißen, die Bierbong mit purem Rum zu füllen. Am nächsten Tag erwachte ich nackt in einer Windel auf der Intensivstation in Palma aus dem Koma.

Meine Freunde, die mich am Krankenhaus mit dem Taxi abholten, meinten ich sei erst recht normal von Decke zu Decke gezogen, hätte die jungen Fräulein angesprochen, amüsante Geschichten erzählt, aber sei dann einfach umgefallen. Die Deppen des gerufenen Krankenwagens hätten mich kaum vom Strand bekommen und von der Trage plumpsen lassen. Meine geliebte Badehose mit dem Korallenmuster, in der ich in einer Innentasche mein Geld aufbewahrte, sah ich nie wieder, weil sie die angeblich aufschneiden mussten. Mehrere Wochen litt ich an Schwindel, einer verzerrten Wahrnehmung und einem tauben Oberschenkel.

Die Geschichte war der Hauptgrund, warum ich dieses Jahr erst gar nicht mitkommen wollte. Lange Zeit ließ ich es echt ruhig angehen, aber vermisste dann das Losziehen. Ich spürte, eine langfristige mich zufriedenstellende Zurückhaltung würde nur funktionieren, wenn ich es direkt im Angesicht der Versuchung schaffe und ich nicht gleich mein ganzes Leben ändere, sondern lediglich die Intensität und die Prioritäten.

Auch die Freundschaft zu den Jungs müsste doch belebt

und weiterentwickelt werden können. Ich muss an den gestrigen Tag denken, an dem das ja alles überhaupt nicht funktioniert hat und fühle mich schwach und undiszipliniert. Mein halbvolles Bier schmeckt mir nicht mehr und ich werfe es in die nächste Mülltonne.

Ich gehe zurück zu unserer kleinen Beachparty, verzichte aber auf das flüssige Brot und mache auch nicht beim Flunkyball mit, obwohl ich darin ein Naturtalent bin, da ich wie der Ex-Wirtschaftsminister Clement dieses Gaumenzäpfchen umklappen kann und nicht schlucken muss. Stattdessen unterhalte ich mich ein bisschen mit neu Dazugestoßenen über ihre mitgebrachten Bücher und höre in ihre Playlists rein. Wir gehen schwimmen, machen Schulterkämpfe und spielen Frisbee und Volleyball. Wieder machen sich diese entspannten Urlaubsgefühle in mir breit. Schade, dass wir keine Beachballschläger dabei haben. Am besten sind diese dicken aus massivem Holz, mit denen man mit richtigen Tennisbällen spielt. Darin bildete ich mit meiner Mutter ein unschlagbares Team mit teilweise mehreren hundert Ballwechseln.

Langsam löst sich unser Verbund auf und auch wir schlendern zurück zum Hotel, in dem der Fahrstuhl immer noch nicht funktioniert. Und jetzt fällt es mir ein. Vor zwei Jahren war ich schon mal eine Nacht hier, bei Laura, Lena oder Lisa oder so, aus dem Ruhrgebiet, oder war es das Emsland. Egal. Damals war der Fahrstuhl ebenfalls kaputt, oder schon kaputt, wer weiß ob das Ding überhaupt seitdem repariert wurde. Generell, wenn ich so darüber nachdenke, ist das Gebäude ganz schön abgefucked. Nicht offensichtlich, der

Gesamteindruck ist gut, glatt und glänzend, aber wenn man genau hinschaut, sieht man zum Beispiel, dass der Putz am Springbrunnen im Eingangsbereich abblättert, die Bodenplatten um den Pool sich leicht anheben oder dass in einigen Räumen an der Decke unter unordentlich weiß übermalten Stellen schwarze Schatten durchschimmern.

Nach dem Duschen und Abendessen gehen wir sofort auf die Promenade, um inmitten des abendlichen Hochbetriebs flirtös vorzuglühen. Wir mixen uns einen Eimer Wodka Lemon und setzen uns zu einer Gruppe junger Frauen in neonfarbigen Aerobic-Outfits, die uns allerdings wenig Beachtung schenken und sich über Farbkombinationen von Leggins, Sneakern, wie sie sagen, und Lidschatten unterhalten und dass es ja so schwierig sei mit den gratis T-Shirts, weil die oft nicht ins Konzept passen würden, und dass sie die eine von *Berlin Tag & Nacht* letztens gesehen hätten und die voll den Hammerstyle gehabt hätte.

Wir pirschen weiter und trinken den Eimer aus. Unaufhörlich werden wir von Partypromotern und Helmuts zugetextet. Helmut heißen die, weil sie selbst alle Touristen nur mit Helmut ansprechen, „Hey Helmut, my friend!". Warum ausgerechnet dieser Vorname? Das bleibt womöglich ein nie lösbares Rätsel dieser Insel.

Mimu kauft eine grüne, ich glaube seine fünfte Rey Beri und Rob bleibt bei einer Promoterin hängen, die einen derartigen Knackarsch hat, dass ich mir unweigerlich vorstellen muss, wie sie in einem Bikinihöschen schwere Kniebeugen macht, obwohl sie bestimmt Squats dazu sagt. Wo wohnt eigentlich diese Armada von Promotern, asiatischen Strandmasseusen, Kellnern, Helmuts und osteuropäischen

Tänzerinnen? Gibt es hier irgendwo ein verstecktes babylonisches Viertel mit Bungalows oder Plattenbauten, so eine Art Studentenwohnheim oder Olympisches Dorf? Dort müsste mal eine Party stattfinden. Vielleicht könnte ich auch mal eine Saison hier arbeiten.

Wie ich hier so stehe, auf Mimu und Rob warte und die Menschenströme an mir vorbeiziehen, komme ich mir vor wie ein großer Stein, der aus einem Flussbett ragt und an dem die Wassermassen entlangfließen, er aber festverankert stehenbleibt und langsam rund und glatt geschliffen wird.

Ich frage fünf Mädels, die verzweifelt versuchen auf ein Selfie zu passen, ob ich ein Gruppenfoto machen solle. Nachdem sie endlich mit einem zufrieden sind, kommen wir ins Gespräch und sie sind ganz begeistert, dass wir aus Berlin kommen, und wollen genau wissen in welche Clubs wir gehen, und ob das Berghain wirklich so Bombe sei. Und sie erzählen, dass ihre Klassenfahrt in die Hauptstadt vor zwei Monaten voll super war, und dass hier am Ballermann ja leider zu wenig guter Elektro gespielt würde.

Wir machen auch einige Fotos mit meinem Handy und eine kleine Blondine mit Undercut hat auffällig wenig Probleme damit, wie ich ihr dabei reflexartig meine Hand auf die Hüfte lege und mit meinen Fingerkuppen in ihre Jeanshotpants gleite. Aber als sie mich fragt, ob wir ihr die Fotos per Snapchat schicken könnten, übergebe ich die Gesprächsleitung an Rob und Mimu und mir dämmert, dass die Mehrheit der Leute hier viel jünger ist als ich, vielleicht zu jung.

Ich kann meine Kumpels überzeugen, der Versuchung zu widerstehen und weiter zum Bierkönig zu laufen, wo wir uns Anteile an einem Tisch vor der inneren Bühne sichern und zwei Maß Gin Tonic bestellen. Der Kellner ist gehetzt aber freundlich, was nicht alle sind, und trägt Ohropax und eine Sehnenbandage am Unterarm. Ich würde echt gerne wissen, wie viel der die Stunde verdient.

Wir sprechen ein Trio etwa gleichaltriger Frauen an, die sich dafür, dass wir im Bierkönig stehen, etwas zu schick gemacht haben, nichts teures, aber mit viel Make-up und toupierten Haaren, hochhackigen Schuhen und dunklen Röcken, als wären sie auf dem Weg zur Firmenfeier falsch abgebogen oder würden gleich weiterziehen auf eine Ü30-Party in so einem Club in dem Charts gespielt werden, mit viel Glas und Kunstleder in der Einrichtung, und großen bunten Cocktails. Und da tanzen sie zu David Guetta im Kreis um ihre auf den Boden gestellten gefälschten Louis-Vuitton-Handtaschen herum.

Sie reagieren abweisend. Sie antworten zwar auf die Fragen, aber nur ganz knapp und so herunterleiernd, und schauen dabei woandershin und wenn sich dabei ihre Blicke treffen, wandeln sich ihre gelangweilten Gesichter in genervte Enttäuschung, als würden sie sich gegenseitig telepathisch recht geben: nächstes Jahr wieder türkische Riviera.

Weil ich das so unfreundlich finde und genau weiß, was das für welche sind, wende ich mich ab und hole mir für die eine Maß mein T-Shirt, das ich sofort anziehe und dem Tippsenkreis erzähle, wie cool ich das mit den Frei-Hemden fände, weil ich mir so jedes Jahr auf Mallorca sechs bis sieben neue Shirts ersaufen würde und dadurch keine teuren kaufen müsste. Dabei bekomme ich alle Anziehsa-chen von meiner Mutter geschenkt. Die Mädels wünschen uns einen schönen Abend und hauen ab.

Um die Bühne wird es voll und wir sind froh, auf unsere Hocker klettern zu können. Die Musik unterbricht kurz, wechselt und steigt lauter wieder ein und Ikke Hüftgold springt unter dem Getöse der Zuschauer ins Licht. Weil man hier wirklich nah an den Interpreten ist, kann ich sehen, dass er in seinem Bad Taste adäquaten Trainingsanzug und mit seiner Plauze wie immer total am abschwitzen ist.

Eigentlich hat er den Bierbauch im Schlagerbusiness etabliert und daraus so eine Einer-von-uns-Fanverbrüderung gemacht, was ich gut finde. Ich kann diese photogeshopten Starlets und unrealistischen Werbungen nämlich nicht mehr sehen. Ich frage mich schon seit Jahren, ob diese ganzen Firmen und Promis nicht sogar viel mehr von ihrer Scheiße verkaufen könnten, wenn sie mehr mit Durchschnittsmodels arbeiten würden. Bei Frauen mag das schwieriger sein, weil denen dieser ganze oberflächliche Schein noch wichtiger ist und die sowieso ein völlig gestörtes Verhältnis zu ihren Körpern haben, aber bei Männerprodukten würde das funktionieren.

Ich meine, dieser Bierwerbespot zum Beispiel, da treffen sich drei kernige Dreitagebart-Typen in Mänteln in den Dünen. Die sehen aus wie Models für Herrenparfum oder wie Werbetexter aus Hamburg, die sich *Brokeback Mountain*-mäßig heimlich zu ihren homosexuellen Wochenenden an einem abgeschiedenen Strand treffen. Welcher Durchschnittsmann kann sich mit denen identifizieren, und ich meine den wahren Durchschnittsmann, nicht dieses von der manisch korrekten Öffentlichkeit konstruierte Wohlfühlmännchen.

Ikke braust über die Bühne und sein klitschnasses Brust-

73

haar sprenkelt kleine Tröpfchen in die Luft, da hopsen zwei junge Frauen in farbenfroher Siebzigerjahre-Kleidung aus dem Publikum zu ihm und nehmen ihn tanzend wie die Milch in der Schnitte zwischen sich.

Nach der Show schlängle ich mich zu den beiden, stoße mit ihnen auf die amüsante Tanzperformance an und frage, wie lange sie schon Ikke als Groupies hinterherreisen. Sie heißen Jule und Sarah und studieren Mode-Gender-Sport-Konflikt-Management oder irgend so etwas an einer dieser neuen privaten Fachhochschulen, die neuerdings in jedem Pisskaff aus dem Boden gestampft werden, mit Fernkursen, Berufsbegleitung und Werbung in den Öffis, und die ein Grund dafür sind, dass wir bald Tausende von Ernährungsexperten und Medienmediatoren B.A. haben werden, aber es keinen mehr gibt, der unsere Dächer deckt oder unsere Brötchen backt, wobei die ja eh schon in Polen produziert und in Deutschland nur noch aufgebacken werden.

Jule und Sarah erzählen, dass es ein kleines Ritual von ihnen sei, auf jedem Schlagerevent, wo sie Ikke treffen, die Stage zu stürmen, eben weil er kein Chippendale ist, und er sie beide schon kenne. Jule und mir fällt auf, dass wir auf vielen Veranstaltungen unbekannterweise gleichzeitig gewesen sein mussten.

Weil es so laut ist, müssen wir unsere Köpfe ganz dicht zusammenhalten und mit jeder vermeintlichen Gemeinsamkeit, die wir aufdecken, rücken unsere Körper näher zusammen, bis ich ihre Oberweite an meinem Arm spüre und meine Lippen mit jeder meiner Äußerungen von ihrem Ohr weiter über die Wange zu ihrem Mund wandern, bis sie ihn mitten im Gespräch treffen. Für den Bruchteil einer Sekunde halten wir inne und die Musik scheint ausgeblendet und wir küssen uns. So tanzen und knutschen wir, trinken, reden mit den Anderen und tanzen und knutschen weiter.

Da ruft Jule plötzlich zu Sarah, die von Rob und Mimu umringt ist: „Kurz nach zwölf, Zeit für unser traditionelles Mitternachtsmettbrötchen." Mich anschauend fügt sie hinzu: „Willst du auch eins?"

Sarah kommt mit flimmernden Augen ein paar Schritte auf uns zu: „Geht doch erst vögeln und esst dann die Mettbrötchen, sonst stinkt ihr später beim Ficken nach Zwiebeln."

Meint die das ernst, netter Witz. Auch Jule schaut überrumpelt, aber zu meiner Freude nicht abgeneigt, eher als wisse sie nicht was sie sagen soll, um keinen falschen Eindruck oder vielmehr, um nicht den richtigen Eindruck zu hinterlassen. Also versuche ich ebenfalls verunsichert zu tun, als hätte ich daran ja noch gar nicht gedacht. In Wahrheit feiere ich, endlich klare Ansagen, so würde die Welt aussehen, wenn Frauen genauso drauf wären wie wir Männer beziehungsweise zugeben würden, dass sie genauso drauf sind.

„Wir können ja erstmal frische Luft schnappen gehen", sage ich bemüht entspannt, um nicht wie ein ungeduldiger notgeiler Bock rüberzukommen, obwohl ich am liebsten zum Hotel rennen würde.

Kopulation nachts im Wasser oder am Strand ist nicht mehr meine Sache, nachdem dabei einmal meine Klamotten geklaut wurden, was mir einen Lauf der Scham zum Hotel mit einer aufgesammelten Plastiktüte vorm Gemächt einbrachte, und ich mich ein anderes Mal im Lichtkegel einer

Taschenlampe eines „Penis, Penis" skandierenden Mobs wiederfand.

Jule und ich sagen den anderen wir kämen gleich wieder und gehen raus auf die Straße.

„Du kannst den Befehl auch verweigern", lacht Jule, während ich ihr folge. Ich bin echt ein bisschen verblüfft, wie locker sie das alles nimmt und umarme sie als Antwort, weil ich das Vorhaben jetzt nicht auf den letzten Metern zerreden und zerdenken will. Wir laufen lediglich zwei Querstraßen weiter und betreten ihr Hotel.

Jule schließt das Zimmer auf und wir schauen uns kurz an, als wollten wir uns gegenseitig nochmal schnell versichern, dass es wirklich in Ordnung ist, nach dieser kurzen Kennenlernphase und regelrechten Fremdbestimmung, intim zu werden. Ich küsse sie beim Hineingehen und nehme ihren Kopf in beide Hände, weil die Frauen ja immer betonen, wie sehr sie das mögen.

Da wir beide völlig verschwitzt sind und es nichts Schlimmeres als schweißige Genitalien gibt, und ich Weiber, die einem im Club auf der schäbigen Toilette den nassgeschwitzten Schwanz blasen, echt nicht verstehe, gehen wir beide duschen. Ich mag das total, wenn man sich erst normal nackt sieht. Das fördert irgendwie das Vertrauen und Wohlfühlen. Außerdem liebe ich dieses Bild, wenn das Wasser sich an den Schamlippen verwirbelt und Tropfen bildet. Mir fällt auf, dass Jule ein Intimpiercing hat.

Ich ziehe sie unter der laufenden Brause zu mir und streichle über ihre Taille, den Rippenbogen und greife ein, zweimal fest zu und habe ihren gesamten Busen in den Händen. Es gibt wenig Großartigeres als die komplette

Körbchengröße einer Frau in seinen Händen zu halten und zu realisieren die Hände sind einfach zu klein. Ich lecke ihre Brustwarzen und packe mit einer Hand ihre Pobacken, streife runter zum Knie und von dort den Oberschenkel innen wieder hoch. Das warme samtene Gefühl an meinen Fingern zeigt mir, dass sie nicht nur vom Duschen nass ist. Wir bewegen uns knutschend aus dem Badezimmer.

„Hast du ein Kondom dabei?", fragt sie.

„Nein, ich hab' nicht mal ein Portemonnaie mit. Hast du denn keines hier?", antworte ich fast entsetzt und stelle fest, dass ich generell keine mit habe.

„Nein, ich bin nicht unbedingt davon ausgegangen. Es ist das erste Mal, dass das auf Malle soweit geht."

„Hat denn deine Freundin keine hier rumfliegen?", frage ich und denke mir gleichzeitig nur, jaja als ob. Immer diese Heuchelei von beiden Geschlechtern. Die Mädels fordern ihre emanzipierte sexuelle Selbstbestimmung, spielen aber die Süße, weil die Kerle keine Bitch, sondern die reine Unschuld wünschen, jedoch gleichzeitig eine erfahrene versaute Liebhaberin wollen und selbst rumhuren wie die Bescheuerten.

„Ich glaube nicht, die hat zu Hause einen Freund."

Jetzt ganz ruhig bleiben, das ist ja kein unbekanntes Szenario, denke ich mir und sage, dass ich eines auftreiben werde. Ich ziehe mir schnell meine kurze Hose an und renne barfuß und oberkörperfrei runter zur Rezeption und frage den etwas älteren Herren, ob sie nicht als Hotel mit gutem Service Kondome für ihre Gäste hätten. Seine Miene verzieht sich verärgert und er meint, diese Leistung gehöre nicht zu ihren Aufgaben. Sehr wahrscheinlich habe ich seine katholische Seele beleidigt. Durch den Eingang kommt eine untereinander eingehakte Gruppe Jugendlicher.

„Hat jemand von euch ein Kondom dabei, das er mir geben würde? Es geht im wahrsten Sinne des Wortes um Leben und Tod!", versuche ich kläglich witzig und cool zugleich zu sein. Alle lachen verlegen, aber meinen leider nicht. Ob ich denen das glauben soll? Bestimmt sind die einfach zu geizig oder haben Schiss und denken sich, was will der alte Mann von uns.

Das kann doch nicht wahr sein. Das Zeitfenster wird knapper, nicht dass die es sich da oben noch anders überlegt. Ich hetze in den ersten Stock und klopfe an ein, zwei, drei, vier Zimmer. Niemand macht auf, warum auch, um diese Uhrzeit sind die meisten unterwegs. Im zweiten Stock das gleiche. Ich bin leicht außer Atem. Was geht mit meiner Fitness ab? Ich mache extra mehrmals die Woche Sport. Im dritten Stock öffnet endlich jemand die Tür.

„Entschuldigung wenn ich so direkt frage, aber hast du Kondome?", schnaufe ich und versuche den Rest mit meinem Blick zu erklären.

„Sorry Kollege, aber ich habe bereits alle verbraucht. Die ganze Packung war nach drei Tagen weg."

„Verdammt, trotzdem danke, ciao", verabschiede ich mich und düse weiter. So genau wollte ich es gar nicht wissen. Was ist denn mit dem los? Der war gut vierzig und macht hier einen auf achtzehnjährigen Zuchthengst. Habe ich das richtig erkannt, war das eben ein Einzelzimmer? Bieten die Hotels hier wirklich Einzelzimmer an? Und wer fährt denn bitte alleine nach Malle? Okay, ein Kumpel von mir fliegt jedes Jahr im Frühling zum Rennradfahren hier her, aber alleine an den Ballermann, irgendwie traurig. Im vierten Stock treffe ich auf zwei Jungs mit Leuchtstäbchenreifen um die Handgelenke und Gott sei Dank, die beiden geben mir mit einem Augenzwinkern ein Gummi.

Als Jule die Tür aufmacht, merke ich, dass sie ein wenig gegrübelt hat, aber sie ist immer noch nackt. Eine splitterfasernackte Frau, schlicht vor einem stehend, ist einfach mit das Schönste was es gibt. Ich muss dabei, auch wenn das ziemlich kitschig klingt, an altgriechische und römische Göttinnenstatuen denken und wie ich früher mit meinen Eltern über die Museumsinsel und durch den Louvre tingeln musste.

Wir legen uns auf Jules Bett und ich spüre ihre Brust an meiner. Ich taste mich mit der Zunge über ihre Lippen, den Hals, ihre Brüste und den Bauch hinunter zwischen ihre Beine. Sie trägt einen sorgfältig gestutzten dunklen Streifen. Ich stehe auf Landing Strip, weil das erwachsene Weiblichkeit darstellt. Ich will ja mit einer Frau vögeln und nicht mit einem komplett kahlen Kind. Durch die Klitorisvorhaut trägt sie einen Ring mit einer kleinen gelben Kugel. Obgleich Intimpiercings was Pornöses haben oder ehrlicher, gerade weil sie pornös sind, gehe ich voll drauf ab. Ich glaube, das ist so ein Niedere-Minne-Prinzip.

Aber während ich sie lecke, merke ich, dass mein kleiner Freund nicht so richtig will. Was ist los mit mir? Ewiges Rummachen war eigentlich nicht eingeplant. Ich gebe Jule zu verstehen, dass ich jetzt an der Reihe sei und stelle mich neben das Bett. Sie richtet sich auf und setzt sich auf die Bettkante.

„Naa, wohl ein bisschen viel getrunken?", sagt sie, meine halbsteife Suffnudel fest in die Hand nehmend. Sie spricht es tatsächlich an. Was ich schon alles erleben musste, aber trotzdem meine Fresse gehalten und geliefert habe, von riesigen dunklen Schamlappen, über stinkende Fischmarkt-Muschis bis zu einer Eintittigen.

„Ja, war schon einiges", knirsche ich hervor, obwohl ich gar nicht so voll bin und es definitiv nicht allein der Sprit sein kann, was mich ein wenig nachdenklich stimmt. Viele Frauen beschweren sich, dass sie immer wollen müssten, dabei sind sie es, die erwarten, dass der Mann immer kann. Der Mann soll sie von oben bis unten leidenschaftlich verwöhnen und verführen, na dann sollen die Frauen erst einmal lernen, den Mann richtig geil zu machen. Ich fahre Jule durchs Haar und halte ihr einfach meinen Schwanz vor den Mund. Auch wenn sie nicht so gut bläst wie Nina – an die will ich jetzt gar nicht denken, raus aus meinem Kopf – weiß Jule auf jeden Fall was sie tut und stellt meine Standfestigkeit wieder her.

Während ich anfange mit diesen, wenn man mal ehrlich ist, nur für sich genommen ziemlich stumpfsinnigen Rein-Raus-Bewegungen, schließt sie stöhnend ihre Augen, legt ihren Kopf in den Nacken und streckt ihre Arme erst nach hinten gegen die Wand, dann um meine Schultern und schließlich um meinen Rücken und kneift und kratzt mit weit gespreizten Fingern in meine Seiten und meine Pobacken. Ich liebe es, wenn zwei nackte heiße Körper aufeinander klatschen und ich beneide sie, dass sie sich scheinbar gerade so fallenlassen kann.

Das Gute an Suffnudeln ist, dass man zwar länger braucht, um sie einsatzbereit zu machen, aber man dann echt lange kann, teilweise zu lange ohne Abschluss. Vielleicht bekommen die Synapsen, also auch die im Pimmel, durch den Alkohol nicht richtig mit, was gerade geiles abgeht. Jedenfalls muss ich mich richtig konzentrieren, um zu kommen. Oder ist das wieder nicht die Alleinschuld vom Alk? Irgendwie bin ich abgelenkt und nicht ganz bei der Sache.

Jule liegt in meinem Arm und spielt in meinem Brusthaar rum, auf das ich recht stolz bin, weil mir das einen gewissen Sean Connery Look verpasst, wie ich finde. Wir reden über sexuelle Vorlieben und Erfahrungen und wie viel davon wir bei einem potentiellen Partner für eine Beziehung akzeptieren würden. Jule ist echt cool drauf, ich mag sie fällt mir auf und ich muss grinsen, weil sich das so komisch anhört, wenn man das erst sagt, nachdem man mit einer Person geschlafen hat.

Plötzlich klopft es an der Tür. Fuck, ihre Freundin wohnt ja auch hier. Wir ziehen uns schnell unsere Unterwäsche an und Jule macht die Tür auf. Sarah wankt plappernd durch das Zimmer ins Bad und wieder zurück, sich nebenbei abschminkend. Sie meint sie hätte kein Problem damit, wenn ich bleibe und das tue ich auch, weil ich zu faul bin zu meinem Hotel zu laufen und ich ja streng genommen gar kein Hotel habe.

Sarah legt sich stumpf zu uns auf die zwei zusammengeschobenen Matratzen und fängt an mit ihrem Freund Sprachnachrichten auszutauschen und erzählt, was sie alles getrunken habe, aber brav gewesen sei und ihn vermisse und dann kichert sie ihm vor, dass Jule einen abgeschleppt hätte und der noch anwesend wäre, und dass das Zimmer nach

Körperflüssigkeiten rieche und sie jetzt Lust hätte, von ihm genommen zu werden.

Das erzählt sie ihm wirklich, während ich neben ihr liege. Einerseits finde ich es unangenehm, andererseits schießt mir automatisch der Gedanke einer ménage à trois in den Kopf und dass Sarah bestimmt ziemlich versaut ist. Allerdings meinte Jule vorhin bei unserer Unterhaltung, dass sie das niemals machen würde, höchstwahrscheinlich weil Sarah zu versaut ist und ihr die Schau stehlen würde. Vielleicht sollte ich es trotzdem probieren. Aber bei diesem Gedanken fallen mir die Augen zu.

Tag 3

Weil ich durch das Gevögel und Sarahs Gequatsche nüchterner geworden bin und daher die Beengung zu dritt auf den schmalen Betten bewusst mitbekomme und nicht einfach überkomern kann, bin ich früh wach. Auf der Seite liegend kann ich durch die nicht ganz zugezogenen Vorhänge den grau feurigen Himmel beobachten. Jule liegt dicht hinter mir, so dass ich ihren Atem an meiner Schulter merke. Sie hat ihren Arm um mich gelegt und ich spüre ihre warme Haut, was sich sehr schön anfühlt.

Ich richte mich leicht auf und drehe meinen Kopf zur Seite. Sarah liegt mit offenem Mund auf dem Rücken neben ihr. Irgendwie stört sie mich, stören mich beide, ich weiß nicht genau. Nicht nur, dass ich hier gelangweilt rumliege, sondern das wird nachher wieder ein sinnloses Geplänkel mit diesem postkoitalen Rumgedrucke am nächsten Morgen, weil man sich ja eigentlich gar nicht kennt und voraussichtlich auch nie wieder sieht, und überhaupt, was war das bitte für ein abstruses Kennenlernen. Mettbrötchen.

Der Splitter der Erkenntnis, der mit den Minuten immer schmerzhafter auf sich aufmerksam macht, verdirbt meinen sexuellen Erfolg. Wenn es fortwährend derart abläuft, ist Sex bald wirklich nicht viel mehr als ein Brötchen zu essen, ein Snack für zwischendurch. Dann gibt es nicht nur Zigarettenpausen, sondern Mettbrötchen- beziehungsweise Sexpausen, und irgendwann kommt die radikale Gegenbewegung und dann hören die ersten, wie mit dem Rauchen, mit dem Bumsen auf. Enthaltsamkeit als neuer selbstdisziplinierender Gesundheitswahn fern der bösen Fleischgelüste. Vegan extrem. Da träumt man davon, dieses Gesabbel vor der Begattung weglassen zu können, aber wenn es passiert, vermisst der Mann die Bedeutung, die Zurückhaltung der edlen Dame, oder wenigstens die Jagd und verharrt verstört, wenn das Wild ihm reizlos angebunden präsentiert wird.

Wie Christoph wohl reagieren würde, wenn seine kleine Tochter später so etwas abzieht, allerdings ist der, sind wir beide die größten Schlampen. Trotzdem will ich, wenn ich mich leider schon von dem Recht der Erwartung selbst disqualifiziert habe, sowas von meiner Ehefrau erst gar nicht wissen. Ich frage mich, ob Christoph seiner Frau, die obwohl sie ihn ein bisschen an der kurzen Leine hält ganz cool ist, alles erzählt hat und ob das funktioniert.

Ich steige vorsichtig aus dem Bett und ziehe mir leise meine auf dem Boden verteilten Klamotten an. Ich sehe Jule an, wie sie regungslos auf dem Kopfkissen liegt und ihre entspannten Gesichtszüge eine gewisse Zufriedenheit ausstrahlen, die mich kurz beruhigt und ich denke nach, ob ich mich nicht einfach wieder dazulegen soll. Vielleicht würde ich doch erneut einschlafen und etwas später mit ihr zusammen aufwachen, und Sarah ist dann vielleicht weg ihrem Freund eine Postkarte schicken und Jule und ich könnten zusammen frühstücken, zum Strand schlendern und an diesen Sonnenbrillen-Drehständern rumalbern, und die Causa Mettbrötchen vergessen. Ich mache einen Schritt auf sie zu, aber küsse sie nur schnell auf die Stirn und gehe.

Die Steinplatten der Promenade strahlen noch die Kühle der Nacht aus. Der Strand ist bis auf zwei mit Sand panierte

Alkoholleichen leer und man kann das Meer und den Wind rauschen, ja sogar die Sandkörner unter den Schuhsohlen knirschen hören. Die Luft ist frisch und man riecht und schmeckt das Salzwasser. Eine Handvoll drahtiger Männer beginnt damit, die Sonnenliegen aufzubauen und zu verteilen. Die ersten Cafébetreiber ziehen die Gitter und Rollläden hoch, schalten die Beleuchtungen ein und stellen ihre Schilder auf den Gehweg, alle auf Deutsch.

Ich finde diesen Umstand interessant, dass hier wirklich nur Deutsche sind. Ich meine, am Flughafen sehe ich die anderen Ankunfts- und Abfluganzeigen, hauptsächlich englische Städte, Sheffield, Manchester, aber ich begegne diesen Menschen nie. Haben sich in den Sechzigern die deutschen und die englischen Reiseveranstalter mit langen Zeigestöcken vor einer riesigen Wandkarte von Mallorca getroffen und ausgeknobelt, wohin sie ihre Landsleute verschicken? Und wir halten uns ohne jeden Wissensdurst daran, wenige Kilometer voneinander entfernt.

Immerhin liegen sich in der Bucht von Palma Deutsche und Engländer direkt gegenüber. Westlich in Magaluf die Briten, östlich in S'Arenal die Teutonen. Nur getrennt durch die Inselhauptstadt, die wie ein zu ehrendes Gebirge fern der sonnenschirm- und partylärmgefluteten Strände die beiden Lager trennt, die jeweils bloß erahnen, dass ihre Welt nicht an jenen Bergen endet und die mythische Legenden vernommen haben, von einem fremden wilden Volke jenseits der Gipfel. Auf beiden Seiten werden sich Geschichten erzählt über die Trink- und Rauflust, die leichten Mädchen und die sonderbaren Riten der dennoch fast ähnlich und sympathisch erscheinenden Gegner vergangener Kriege.

Wie ein neutrales, zu respektierendes und mahnendes Kreuz steht die Kathedrale von Palma zwischen diesen beiden Stämmen: Bis hier hin und nicht weiter! Die Wenigsten beider Parteien haben sich mal auf die andere Seite getraut, genau wissend, dass die Uniformen ihrer Ballspieleinheiten sie sofort verraten würden, selbst wenn sie stillschweigend ihre fremden Laute vermeiden.

Was nur würde passieren, wenn die Rohstoffreserven an Gerstensaft einseitig versiegen? Oder ein junger mutiger Entdecker mit mitreißendem Charisma auf der Suche nach noch mehr paarungsfähigen Weibchen all seinen Mut zusammennehmen und den urbanen Dschungel von Palma durch- oder das weite Meer seiner Bucht überqueren würde? Ein Hannibal, der die Gebirgskette geschickt meistert oder ein Columbus, der mit seinen Mannen plötzlich am gegenüberliegenden Ufer anlegt und selbstbewusst voller Eroberungsdrang vor verdutzten Gesichtern in den Sand der leichten Strandbrandung springt.

Entweder es gibt die größten Gefechte seit der Somme-Schlacht oder eine tiefgehende Verbrüderung zweier germanischstämmiger Völker, die einst vor über tausendfünfhundert Jahren getrennt wurden, aber ihre Gemeinsamkeiten in der Vorliebe für biertriefende und raue Feierformen nicht verleugnen können. Es wäre wahrscheinlich die ausgelassenste Party, die die Balearen je erlebt haben.

Nur einmal war ich während einer unserer früheren Ausflüge in einer Disco, wo Engländer und Deutsche waren, ich glaube in Cala D'Or oder Cala Millor. Da fand ein Striptease Contest unter den Besuchern statt, einer für Männer und einer für Frauen. Während es dem Mann für den Sieg reichte, in Boxershorts auf dem Tresen Pirouetten zu drehen, wollte die Siegerin aus England wohl auf Nummer sicher gehen und hat breitbeinig nackt auf einem Barhocker den Schmetterling flattern lassen. Als ich einen Engländer, mit dem wir dort gesoffen haben, fragte, was er davon halte, meinte er nur, das sei langweilig, in Magaluf sei er mal bei einem Blowjob-Contest dabei gewesen, bei dem die Besucherin, die am schnellsten einen Freiwilligen ihrer Wahl zum Abspritzen blies, eine Magnumflasche Wodka mit Softgetränken bekam.

Ich muss wieder an die Livesexshow-Geschichte von Rob und Mimu am ersten Abend denken, Wet T-Shirt Contest war gestern, jetzt wird auf der Bühne gebumst und gelutscht. Herzlichen Glückwunsch.

„Hola!", grüße ich im Vorbeigehen die junge Spanierin an der Rezeption und bekomme ein sehr freundliches „Buenos Diaz Señor" zurück. Es ist mir mittlerweile völlig Hupe, ob die mich hier zuordnen können oder nicht und selbst wenn sie mich rauswerfen, dann schlafe ich halt wieder bei Jule oder sonst wo. Dass ich mir überhaupt die ganze Zeit so spießige Gedanken mache, damit ist jetzt Schluss, interessiert hier doch sowieso niemanden. Warum sollte die sich für die paar Euro die Stunde den ruhigen Tagesablauf kaputtmachen und sich mit versoffenen Touristen rumärgern? Der Hotelbesitzer, bestimmt ein undurchsichtiger Typ aus Madrid, dem vier oder fünf solche Hotels gehören, steht sicher eh in Übernahmeverhandlungen mit einer Luxushotelkette, bei der gerade mehrheitlich so ein US-Investmentfond eingestiegen ist. Die reißt dieses und die anderen Hotels ab und baut stattdessen mit der Baufirma des Bruders des Madrilenen mehrere Resorts und Meditations-Lodges für Burnout geplagte Manager, Filmschauspieler und Sänger. Und dann kommt eine deutsche Reporterin einer Promizeitschrift samt Paparazzi runtergeflogen und macht einen dummen Bericht über einen gefallenen ehemaligen Kinderstar, der dort seinen Entziehungsurlaub verbringt. Es folgen mehr Stars und die, die es werden wollen, und irgendwann kostet der Eintritt ins Oberbayern, das dann „Diamonds" oder so heißt, 70 Euro und die Inselverwaltung freut sich, dass ihr langgeplanter Umschwung zum gehobenen Tourismus endlich funktioniert.

Wenn der Deal zwischen dem Madrilenen und der Hotelkette kommenden Winter perfekt ist, wird die nette junge Spanierin gefeuert, beziehungsweise ihr befristeter Vertrag wird einfach nicht verlängert. Dann kann sie ihr gerade erst fertig gewordenes Reihenhaus in einer halb leerstehenden Neubausiedlung nicht mehr abbezahlen, nur weil die blöde Bank, an der dieser Investmentfonds ebenfalls Anteile besitzt, ihr und ihrem Verlobten, der als Koch in einem anderen Hotel arbeitet, eingeredet hat, dass jetzt auch jeder Hotelfachangestellte sich ein eigenes Haus leisten könne. Und die Bank reißt sich das Haus unter den Nagel und setzt das junge schwangere Paar mitsamt den Eltern, die so stolz auf ihre Tochter waren, vor die Tür.

Irgendwann ist die trostlose Neubausiedlung komplett unbewohnt und vor die Fenster und Türen sind Bretter genagelt und die einst adrett angelegten grünen Mittelstreifen und Vorgärten wuchern, und überall flattern rot-weiße Plastikbänder, auf denen in Spanisch „Betreten verboten!" steht.

Das meiste Personal für die ganzen neuen Luxusanlagen besteht aus Saisonkräften aus Asien oder Afrika, die zusammengepfercht in kleinen Gemeinschaftszimmern mit Doppelstockbetten und so einem kleinen grauen Röhrenfernseher in der Raummitte hausen.

Ein deutsches Fernsehteam eines privaten Nachrichten- und Wirtschaftskanals, der zum gleichen Medienunternehmen gehört wie das Klatschblatt, reist an und dreht eine Reportage über die europäische Schuldenkrise. Und die kleine Spanierin, die abgetrieben und sich von ihrer Jugendliebe getrennt hat, wohnt in Berlin in einer WG im Wedding und arbeitet auf Stundenbasis im Archiv dieses Senders, deren Muttergesellschaft erst vor kurzem von diesem amerikanischen Fonds gekauft wurde, und dann muss sie das ganze Rohmaterial von der verfallenden Neubausiedlung sichten und erkennt ihr altes Haus und weint und ist leider nicht mehr so fröhlich wie jetzt, als sie mich mit ihren schönen weißen Zähnen anlächelt und grüßt.

Im Zimmer ist nur Mimu, der mir mit einem heiser lachenden „Und, gefickt?" die Tür aufmacht. Da ich keine Lust habe, ihm jetzt alles en détail zu erzählen, womit wir früher ganze Katertage verbracht haben, antworte ich nur „Ja, war gut", husche ins Bad und rufe beim Einsteigen in die klemmende und klappernde Duschkabine: „Ab wann gibt es Frühstück, willst du uns nicht was holen?"

Tatsächlich geht Mimu runter ins Hotelrestaurant und kommt mit mehreren belegten Käse-Salami-Brötchen zurück und wir setzen uns auf den Balkon. Weil wir einen ordentlichen Brand haben, füllen wir die zwei Zahnputzgläser mit Leitungswasser auf, das ekelhaft nach Chlor und modernden Rohren müffelt. Die Brötchen schmecken furchtbar. Wie bekommt man es hin, das Simpelste schlechthin, ein Brötchen mit Butter, Käse und Salami, derart abscheulich schmecken zu lassen. Wo kaufen die ein oder ist bei denen die Kühlung in der Nacht ausgefallen?

Auch Mimu schaut glaubhaft angewidert, so dass es kein Streich seinerseits sein kann. In seinem Haar erkenne ich eine kurze mit bunten Fäden und Steinchen umwickelte Locke.

„Was hast du denn da gemacht?"

„Frag mich nicht warum, aber gestern Nacht auf dem Rückweg habe ich es für eine gute Idee gehalten, mir von einer Afrikanerin an der Promenade ein Zöpfchen flechten zu lassen."

„Was ging gestern sonst noch?"

„Wir sind mit Sarah, die übrigens verrückt ist, und zwei anderen Mädels, die sie kannte, rüber ins Bamboleo, um das mal auszutesten. Da haben wir zwei MILF's aus Hamburg kennengelernt und Rob ist mit einer abgezischt."

„Und die Freundinnen waren nichts für dich?"

„Naja, kurz mit der anderen MILF rumgemacht, aber so geil war die nicht."

Mimu heißt eigentlich Michael Muschke und ist Berater für Banken-IT in Frankfurt und Berlin, und ich glaube im Vergleich zu den Tradern, die immer die wildesten Geschichten erzählen, ist dieses IT, was meiner Deutung nach für „Introvertierter Typ" steht, sein Problem. Er bekommt es einfach nicht hin mit den Damen. Nicht weil er schlecht aussieht oder dumm ist, sondern weil er, wie man so schön sagt, nüchtern zu schüchtern und besoffen zu offen ist, und, was noch viel schlimmer ist, weil er nicht auf die Frauen eingeht, nicht charmant ist, sie nicht unterhält. Er wartet stattdessen darauf, dass Gisele Bündchen an sein Junggesellen-Eigentumsapartment klopft und sagt, endlich habe ich dich gefunden, ich will nur dich. Wohl wissend, dass das nie passieren wird, aber er immer eine Ausrede hat, dass die paar Interessierten so toll ja nicht seien.

In Wahrheit hat er gar keinen Bock, dass eine Frau in seinen eingespielten Alltag pfuscht. Dann müsste er Kompromisse eingehen und könnte nicht mehr seinen Masterplan umsetzen, jedes größere deutsche Fest vom Karneval bis zur Baumblüte zumindest ein einziges Mal mitgemacht zu haben.

Er ist halt nicht der Typ, obwohl er es könnte, der im Urlaub in überteuerten Markenklamotten in Designhotels auf den Seychellen oder den Malediven einkehrt oder sich abends mit alten Studienfreunden, die jetzt bei Goldman Sachs arbeiten, in Szeneclubs trifft und über den Unterschied zwischen Porsche, Mercedes AMG und Oldtimern labert und sich mit Champagner besäuft, bis er über die weißen Polster der VIP Area hüpft und eine Methusalem verspritzt. Stattdessen fährt er lieber mit uns nach Breslau zu einer Kneipentour, zur Après Ski Party nach Willingen oder halt zum Ballermann und gibt damit auch mir das Gefühl, verstanden zu werden, was diese materiellen schnöseligen Dinge angeht und dafür mag ich ihn so.

Es klopft, ich mache auf und Rob steht mit schlaffen Schultern und krassen Augenringen vor der Tür.

„Ich hab' schon gehört, du warst erfolgreich", feixe ich neugierig.

„Diese älteren Hühner sind unersättlich, die ganze Nacht nicht geschlafen. Aber was will man machen, ich opfere mich gern für meine Mitmenschen", keucht Rob und lässt sich auf sein Bett plumpsen. Mimu fällt in das Bett daneben und wie die beiden da so trostlos vor sich hin vegetieren, sehe ich unseren Vorsatz, möglichst schnell in den Tag zu starten, flöten gehen, und suche nach Motivation und einer Methode, die aufkeimende schlechte Laune zurückzudrängen. Vermutlich hätte ich gar nicht fliegen sollen, wie geplant. Aber jetzt bin ich hier und höre auf rumzuheulen. So kenne ich mich gar nicht.

Ich gehe runter in den Eckladen und kaufe aus Protest gegen mich selbst nicht nur einen, auch nicht zwei, sondern gleich drei Sixpacks Dosenbier. Wieder zurück im Zimmer drehe ich die Boxen auf maximale Lautstärke, spritze eine zuvor geschüttelte Dose auf die beiden Eingeschlafenen und halte ihnen zwei Biere vor die blinzelnden Augen.

„So wollt' ich dich sehen. Der Animateur ist zurück, der den Schwächelnden in den Arsch tritt", bäumt sich Rob krächzend auf.

Ich hüpfe auf das Bett und schütte ihm den Rest in den Mund. Mimu springt hoch, spritzt mit seiner Bierdose in unsere Richtung und schmeißt sie auf uns. Er torkelt zu den anderen Sixern auf der Wandkommode, um sich eine weitere Dose zu schnappen, rutscht aber in einer Bierpfütze aus und fällt eine Lampe von der Wand reißend voll auf die Fresse. Wie ein hilfloser umgedrehter Käfer liegt er auf den Fliesen und wir alle drei müssen tierisch lachen. Ich mache ein Bier auf, stelle mich über ihn und gieße ihm den gesamten Inhalt genüsslich mit einem langen dünnen Rinnsal ins Gesicht. Rob kramt aus seinem Koffer eine Flasche Pfeffi hervor: „Bringt ja nichts sich jetzt hinzulegen. Also zieht's euch einmal rein in eurem kleinen verschissenen Leben!"

Mimus nasses Gesicht sieht skeptisch aus, aber bekommt dann diesen sich seinem Schicksal ergebenden Ausdruck. Rob hat Recht, rumliegen kann ich zu Hause und sich das alles nüchtern geben bringt echt nichts. Nach der halben Flasche Pfefferminze und mehreren Bieren sind wir alle wieder bestens drauf und ich fühle mich gut und energiegeladen. Dieses sich andauernd 'nen Kopp machen ist ausgeknipst und dieses herrliche Gefühl Stück für Stück betrunken zu werden, das ich so vermisst habe, flutet meinen Körper und scheint ihn leichter werden zu lassen.

Wir tanzen auf den Betten, bis wir auf den Balkon ziehen und dem Treiben am Pool zuschauen. Manche legen sich echt den ganzen Tag dort hin und lesen. Rob klagt, dass seine Freundin ihn wegen Kindern in den Ohren läge und dass er in seinem Job andauernd völlig hirnrissige Projekte vorgesetzt bekäme, da die Politik im Energiesektor wie bei der Migration gänzlich unfähig sei. Wöchentlich würde er Unmengen an Strom verpuffen lassen oder in die Netze der Nachbarländer leiten, weil mehr als genug vorhanden sei, die Preise für den Normalbürger aber trotzdem nicht sinken. Für ihn sollte die Grundversorgung der Bevölkerung gar nicht in privaten Händen liegen, zumal es mit vier Regionalmonopolisten eh kein freier Markt sei.

Da Mimu nicht dazukommt, suchen wir ihn und finden ihn im Badezimmer auf dem Pott eingeschlafen. Mit der

Duschbrause wecken wir ihn auf, auch wenn er mehr funktioniert als lebt. Mit dem dritten verbliebenen Sixpack machen wir uns auf den Weg zum Strand. Wir spazieren gemütlich die kleinen Straßen hinunter zur Meereslinie, die mit dem Himmel zu einem einzigen Blau verschmilzt, und dort wo sie aufeinandertreffen ist jäh mitten auf hoher See Schluss, als komme nichts mehr, kein Festland, kein Europa, kein Afrika.

Auf einem mit Efeu umschlungenen sandsteinfarbenen Eingangstor zu einem leicht verwilderten Garten mit einem alten Haus darin, sitzt eine dicke schwarze Katze und miaut als wir an ihr vorbeilaufen. Es ist ein schönes Anwesen mit einer mit antiken Fliesen ausgelegten Terrasse, die von hüfthohen Säulen umrandet wird. Mir kommt in den Sinn, wie viele hübsche Häuser hier in den hinteren Seitenstraßen stehen, die man kaum registriert, klein, aber mit Ausstrahlung.

Dieses ist eine Mischung aus Finca und Kolonialvilla, leicht abgerockt, doch mehr in Form von Geschichte versprühender Patina, wie der Rückzugsort eines lokalen eigenbrötelnden Schriftstellers, der gedankenversunken vergisst den Garten zu hegen, oder wie der Familiensitz angesehener Einheimischer. Man erwartet das nicht, nur wenige hundert Meter vom Strand des Massentourismus entfernt, zwischen all diesen gleich aussehenden Hotelquadern. Eine Oase in einer Wüste aus lauten, grellen und kostengünstigen Reizüberflutungen, die durch ihre Existenz das abgestumpfte Auge erst wieder erkennen lässt, in welcher hässlichen Umgebung es sich befindet.

Ich stelle mir vor, wie eine alte schwarz gekleidete Frau

mit grauen Haaren und leichtem Buckel, vielleicht die Großmutter oder die gute Seele des Haushaltes, in der traditionellen Küche, in der das einzig Moderne ein weißer Kühlschrank ist, auf einem Hocker sitzt und das Abendessen vorbereitet und wie sie vor sich hin schnibbelnd an ihren verstorbenen Mann und an die Zeit vor den Touristen denkt und sich immer noch nicht entscheiden kann, ob es unter Franco oder jetzt besser ist.

Abends sitzt die ganze Großfamilie im Innenhof in mitten von leuchtenden Blüten und isst und trinkt bis spät in die Nacht aus rotbraunen Krügen und Schalen und erzählt sich unter seicht strahlenden, in die Palmen gehängten Lampions Geschichten aus dem normalen Leben dieser Insel, vom Schulalltag oder vom Wochenmarkt.

Wie es wohl wäre, wenn ich meine Kumpels, die schon ein paar Meter Vorsprung haben, einfach weiterlaufen lasse, in der benebelten Orientierungslosigkeit der oberkörperfreien Masse verschwinde, und an diesem Haus klopfe, mich quasi auf die südländische Gastfreundschaft verlassend selbst einlade und helfe Kartoffeln zu schälen während immer mehr Familienmitglieder und Karaffen offener Wein dazukommen und sie mir von ihrer Heimat berichten und ich ihnen von meinem Deutschland. Als ich schon einen Schritt zur Seite auf das Grundstück zu machen will, oder habe ich mir das nur eingebildet, rufen meine Freunde.

Ich hole sie ein und Rob drückt jedem zwei kalte Smirnoff Ice in die Hand. In Deutschland trinke ich die Dinger seit meiner Schulzeit nicht mehr, aber hier auf Malle dienen sie der Abwechslung damit man das Freibier überhaupt noch runter bekommt.

Da wir mittlerweile alle von einem Sonnenbrand geplagt werden und allein schon die Vorstellung an die pralle Hitze am Strand schmerzt, haben wir unsere Handtücher im Hotel gelassen und gehen gleich in den Mega Park. Nach einer Maß Mai Thai und einer Runde Polonäse durch den ganzen Laden gehe ich, während Mimu und Rob die Barhocker zu einem Junggesellinnenabschied erklimmen, zum Nassbereich, der gerade mit neuem Schaum aufgefüllt wird.

Das Problem bei diesen Schaumpartys ist, dass die weißen Bläschen einen auf eine Art zwar schützen und offener machen jemanden anzusprechen, aber abgesehen vom komischen Geschmack beim Küssen, kann man den Gegenüber manchmal gar nicht richtig erkennen. Ich habe häufig die Erfahrung gemacht, dass ich einem Mädchen näher gekommen bin, aber dann als wir das Schaumgelände verlassen haben und uns von diesen kleinen Wasserdüsen am Ausgang wie in der Autowaschanlage der Schaum abgesprüht wurde, eine optische Enttäuschung erfahren musste oder selbst enttäuscht habe.

Auch jetzt ist der Schaum nach einiger Zeit so hoch und brennt in den Augen, dass ich keine klaren Gesichter mehr erkenne. Fast blind flutsche ich ständig an irgendwelchen aus den Schaumwolken auftauchenden nassen Körperteilen entlang.

Kurz muss ich an diese japanischen U-Bahn-Grapscher denken, die das Gedrängel ausnutzen, um unerkannt junge Mädchen anzufummeln, und wegen denen es Waggons nur für Frauen gibt. Ich stelle mir vor, wie so ein kleiner schmächtiger Japaner nach zehn Jahren zum ersten Mal wieder Urlaub beantragt und den langen Weg nach Mallorca auf sich nimmt, weil er im Satellitenfernsehen von diesen Partys hier gehört hat. Im Hotel hat er seinen dunklen zu großen Anzug gegen ein weißes Poloshirt und eine graue kurze Hose mit Buntfalte eingetauscht und steht nun mit hochgezogenen Socken und so einem kleinen Anglerhut ungläubig beglückt vor diesem anonymisierenden Schaumhaufen.

Generell gehen auf Schaumpartys alle mehr auf Tuchfühlung, die Mädels genauso, weil sie dank der Bläschendecke ihre anerzogene Zurückhaltung ablegen. Ich weiß noch, wie Mimu und ich mit zwei Mädels geflirtet haben und die eine, während sie obenrum so getan hat, als würden wir uns normal unterhalten, weil ihr Freund auch irgendwo stand, meine Hand unter dem Schaum gegriffen und sich direkt ins Bikiniunterteil geführt hat. Das war die erste Schaumparty meines Lebens und die war sogar hier im Mega Park.

Wir waren damals mit dem öffentlichen Bus von Cala Ratjada nach S'Arenal gefahren. Im Bus saßen sonst nur ältere Mallorquiner, die uns ziemlich skeptisch anschauten, wie wir auf den hintersten Sitzen Bier und Gin Orange tranken. Vor anderen Deutschen ist mir das selten unangenehm, weil die ja alle unbedingt diese antiautoritäre alt-68er-Erziehung wollen, also sollen sie die bekommen. Aber ich weiß noch, dass mir das vor den spanischen Omas sehr peinlich war. Besonders als Christoph während eines Halts schnell rausrannte und nur zwanzig Meter weiter für alle im Bus sichtbar an einen Baum pinkelte.

In Arenal wollten wir nach einem Streifzug durch die Discotheken am Strand schlafen, aber mitten in der Nacht wurden wir blitzartig wach, weil irgendwelche Gestalten an unseren Taschen rumfummelten. Wir schubsten sie weg und bewarfen sie mit Sand und legten uns dann leicht versteckt auf einer Grünfläche unter einem Baum schlummern. Christoph muss zwischendurch aufgewacht und auf eine Parkbank umgezogen sein, was seinen Untergang bedeutete. Denn als wir ihn am nächsten Tag entdeckten, hatten sich auf seiner krebsroten Brust, da die Bank in der prallen Sonne stand, kleine Blasen gebildet, die ihm sobald er wach war tierische Schmerzen bereiteten. Um sie konstant mit Gratisalkohol zu betäuben und um die Haut im Schatten mit Süßwasser zu kühlen, sind wir auf dieser frühzeitlichen Schaumparty gelandet.

Der Mega Park war noch nicht diese riesige viereckige Kastenburg aus Dekomaterial, sondern ein kleines Open Air Gelände, eher eine Strandbar. Aus Plastikplatten hatte man unter einer Überdachung eine separate Tanzfläche gebaut und über Schläuche Schaum eingeleitet. Die Stunde Freibier gab es schon damals, oder war es Sangria oder beides, ich weiß es nicht mehr genau. Christoph saß den halben Tag beträppelt an eine Wand gelehnt, bis wir nachmittags den Bus zurücknahmen, wo er bis zum nächsten Tag im abgedunkelten Hotelzimmer in kalten Handtuchumschlägen lag.

Zurück am Tisch, knutschen Rob und Mimu mit zwei von dem Junggesellinnenabschied und der Rest lässt sich von anderen Jungs vollsülzen. Die zukünftige Braut in einem Miss Piggy Kostüm, was für den erfrischend wenig eingebildeten Humor der Mädels spricht, steht etwas verlassen im Geschehen.

„Na, bekommst du es langsam mit der Angst zu tun, dass

es bald offiziell ist, nur noch den einen bis ans Lebensende zu haben?", frage ich sie lächelnd und halte ihr ein vom Tisch stibitztes Bierglas zum Anstoßen hin.

„Prost!", lacht sie höflich. „Auf keinen Fall, ich bin mir ganz sicher. Man kommt sich hier nur etwas deplatziert vor als fest Gebundene."

„Das kann ich mir vorstellen. Aber das hat ja hier nicht viel zu bedeuten. Was sagt dein Zukünftiger dazu, dass ihr am Ballermann den Junggesellenabschied feiert?"

„Ach, du siehst ja, meine Mädels fangen den Großteil ab. Außerdem ist der nächste Woche mit seinen Kumpels hier. Der kennt das. Wir haben uns hier kennengelernt."

„Das gibt's?", frage ich mit absichtlich verwundert hochgezogenen Augenbrauen. „Ich dachte hier geht es eher etwas temporärer und sprunghafter zu?"

„Ja, so war es bei uns am Anfang auch, aber wir sind uns zufällig jeden Urlaubstag über den Weg gelaufen und da dachten wir, das muss ein Zeichen sein und haben uns in Deutschland nochmal getroffen. Es ist also möglich, gib die Hoffnung nicht auf."

Ihre mit Glitzerbuchstaben auf dem Top angekündigte Trauzeugin unterbricht uns. Garantiert denkt sie, sie müsse ihrer Freundin gegen einen dieser volltrunkenen Anquatscher zur Hilfe eilen. Ich hoffe ich mache nicht diesen Eindruck. Denn mich würde es wirklich interessieren, wie sie das alles hier sieht, aus dem Blickwinkel bald verheiratet zu sein, treu zu sein, zu müssen, vielleicht auch treu sein zu wollen und zu können. Ich muss kurz an Jule denken und ob wir unsere Nummern ausgetauscht haben. Ich glaube nicht.

Die Mädels wollen weiterziehen, ich vermute wir sind

denen zu blau. Wir verlassen ebenfalls den Mega Park und springen kurz ins Meer, aber schon die ersten Sonnenstrahlen schmerzen und scheuchen uns wie Vampire zurück auf den schattigeren Gehweg. Spontan starten wir eine Erkundungstour durch die kleinen Pinten rund um die Schinkenstraße und die hinteren Straßenreihen, in denen mehr die etwas ältere Karl-Heinz- und Marianne-Fraktion unterwegs ist und in denen um die Uhrzeit nicht so ein Rummel herrscht.

Wir finden dennoch überall ein lustig angeschickertes Kränzchen erfahrener Damen, die sich allem Anschein nach über den jüngeren Besuch sehr freuen und als ich sie zum Friesenrock auffordere und herumwirbel laut lachen und ständig schreien: „Na du bist mir ja einer!" Nach zahlreichen Stationen und Kurzen-Runden beginnen wir apathisch zu wanken. Mimu macht an einem Tresen ein kurzes Nickerchen bis der Wirt in weckt. Erst als der Himmel in das dunklere Abendlicht getaucht wird, reißen wir uns los zum Hotel.

Langsam mit breitbeinigen Schritten krauchen wir eine halbe Ewigkeit zurück. Das Gemisch aus Salzwasser, Sand und Sonnencreme hat die letzten Tage kontinuierlich meinen Schritt wund geschubbert und brennt und sticht zwischen meinen Arschbacken und rasierten Eiern.

Zurück im Hotel stürzen wir uns als Erstes wie ausgehungerte Wüstenüberlebende auf das Abendbuffet. Das Gelächter an den anderen Tischen ist groß, wie wir völlig zerrockt durch die schmalen Wege zwischen den Tischen torkeln und ständig einen Stuhl oder eine Tischkante anstoßen. Da wir auf den letzten Drücker gekommen sind, gibt es nur noch die matschigen Spaghetti. Mimu hat Probleme mit der Gabel seinen Mund zu treffen, so dass sein Gesicht bald rot verschmiert ist. Zwischen den Kaubewegungen fallen ihm immer wieder die Augen zu und sein Kinn fällt mit den aus dem Mund guckenden Nudeln nach unten. Wir schleppen uns aufs Zimmer und schlafen alle drei sofort ein.

Ich werde wach, weil der neben mir eingepennte Rob sich hochquält und mit offener Badezimmertür pisst und würgt. Das Handy zeigt kurz vor 23 Uhr an. Nach einer kurzen Diskussion, ob wir liegen bleiben oder noch losziehen sollen, sind wir uns einig, bei der kurzen Zeit vor Ort nicht eine ganze Nacht verplempern zu dürfen und zwingen uns auf die Beine und unter die Dusche, die bei mir wahre Wunder bewirkt.

Auch wenn das zu Missverständnissen führen kann, muss ich während mir Mimu mit Après Sun Lotion den Rücken vorsichtig eincremt, an mein erstes Mal denken.

Einen Sommer in Cala Ratjada wohnten im Zimmer neben uns Jennifer und ihre blonde Freundin, deren Namen ich nicht mehr weiß. Ich war noch Schüler und sie Studenten, irgendwas auf Lehramt wenn ich mich recht erinnere. Die ersten zwei Abende hat man sich nur beim Handtücher aufhängen auf dem Balkon gesehen und gegrüßt und kurz den Standardplausch runtergeleiert: woher, wie lange, wie alt, was machst du.

Am dritten Abend nach dem Essen, Christoph duschte, stand ich mit einer Flasche Weißwein am Balkongeländer und machte ein Foto von der Aussicht. Nicht gleich dreißig mit allen möglichen Filtern und sofortigem Posten mit

Hashtag wie heute, sondern wirklich nur eines, weil man damals ja noch auf richtigen Film knipste und dieser nur 34 bis 36 Aufnahmen für den ganzen Urlaub hatte. Man konnte nicht sofort checken, bearbeiten und löschen. Es war spannend, man wusste nie genau, wie die Fotos geworden sind oder wenn man zu blau gewesen war, konnte man nicht am nächsten Tag nachsehen, was passiert ist. Nach dem Urlaub warteten wir alle ungeduldig bis die Entwicklung fertig war und wir uns zum Fotos anschauen treffen konnten.

Ich hörte, dass die beiden Mädels in ihrem Zimmer waren. Um zu fragen, ob sie ein Glas mittrinken möchten, lehnte ich mich über die niedrige Trennwand und blickte durch die offene Balkontür. Jennifer lag oben ohne langgestreckt auf ihrem Bett, ihre Freundin musste ins Badezimmer gegangen sein. Genau in diesem Augenblick schaute Jennifer raus und direkt in meine Augen. Ich erschrak, aber sie blieb ganz ruhig und lächelte, nicht schamvoll berührt, eher ein überlegenes langanhaltendes Lächeln, das ein gewisses Kopfkino verrät.

Ich war wie versteinert. Und dann, ich dachte ich träume, ging sie mit ihrer Hand über ihren Bauch und strich über ihre Brust. Ich hob ganz langsam die Kamera, so dass sie es sehen konnte, aber sie störte sich nicht daran, im Gegenteil, sie brachte ihren Körper in Pose, winkelte ein Bein an und drückte mit ihren Händen ganz leicht von den Seiten ihre Brüste zusammen. Ich blickte durch den Sucher. Sie drehte ihren Kopf weg, so dass ich ihr Gesicht nicht sehen konnte, sondern stattdessen ihre langen braunen Locken. Ich schoss ein Foto und wollte ein Zweites noch besser machen, den störenden Balkontürrahmen minimieren, als dieser vor meinen inneren Augen verlangsamte Moment plötzlich wieder auf Normaltempo beschleunigt wurde, die Badezimmertür aufging und ihre Freundin mit einem Handtuch um den Körper und einem um den Kopf herauskam. Jennifer und ich schienen beide gleichsam überrascht von der eigentlich vorhersehbaren Störung dieser seltenen, meist nur unter Ausschluss von Zuschauern funktionierenden Auslebung einer Fantasie.

„Hey, spannen kostet!", lachte Jennifer mit diesem gespielten ironischen Witz zur Entschärfung von unangenehmen Situationen und drehte sich schnell auf den Bauch.

„Sorry, ich wollte nur fragen, ob ihr ein Schlückchen Wein wollt", ergriff ich die Flucht nach vorne und kletterte über das Geländer auf ihren Balkon, als sei ich bisher nur damit beschäftigt gewesen und hätte nichts gesehen.

„Danke, sehr gern", antwortete Jennifer und schaute mich verschmitzt an. „Dann kannst du mir bitte auch gleich den Rücken eincremen."

„Ach, das ist ja mal ein Service", sagte ihre blonde Freundin, goss sich ihren Zahnputzbecher ein und verschwand mit lauter Schminkzeug wieder im Badezimmer.

Etwas zaghaft fragte ich nach Body Lotion und kniete mich neben Jennifer auf die Matratze. Wahrscheinlich hatte sie vor ihrer Freundin geduscht, denn sie duftete nach Seife und Fruchtshampoo und ihre mit kleinen Leberflecken übersäte Haut fühlte sich sauber und trocken an. Die Lotion machte sie zart und glänzend und sie glitt geschmeidig durch meine Hände.

Ich weiß nicht, wie ich gerade in dieser Konstellation darauf kommen konnte, aber für eine Sekunde musste ich an die Lotion-Szene aus *Das Schweigen der Lämmer* denken, und wie meine Freunde und ich deshalb manchmal in der dritten Person miteinander reden. Ich musste kurz schmunzeln und Jennifer machte die Augen auf und sah seitlich zu mir hoch und lächelte zufrieden und dachte bestimmt, ich grinse wie ein Honigkuchenpferd weil mir die ganze Situation so gut gefällt.

Ich arbeitete mich von ihrem Nacken, über die Schulterblätter, die Wirbelsäule runter bis zum Bändchen ihres Tangas, schob es ein Stück weit runter und massierte ihr Steißbein und die seitlichen Übergänge zu den Pobacken. Trotz laut pochendem Herzen wurde ich mit jedem Zentimeter sicherer und mutiger. Ich ging über die Seiten zurück zu den Schultern und Oberarmen und streifte dabei ihre Titten, die unter ihr regelrecht hervorquollen. Ihr entspannter Gesichtsausduck bekam einen neckischen Zug und spätestens jetzt wusste ich, dass ich es riskieren würde. Meine Hände strichen zurück, diesmal den Konturen ihrer Brüste fester folgend, und meine Finger rutschten unter sie, so dass die Fingerspitzen ihre Brustwarzen erst berührten und dann streichelten und diese langsam steif wurden. Ihre Atmung wurde tiefer und lauter und ich sah zu wie ihr Brustkorb sich auf und ab bewegte.

Meine Hände schoben sich wieder weiter abwärts und kneteten sanft ihren Arsch und mit jeder Bewegung kamen sie den Oberschenkeln näher, bis sie in dem warmen Bereich zwischen Po und Schenkelinnenseite verschwanden. An meinem Finger spürte ich die Naht ihres Höschens und die weichen Erhebungen. Jennifer spreizte ein wenig ihre Beine und durch den Stoff sah ich den Hügel ihrer Schamlippen mit dem Schlitz in der Mitte, den man heutzutage wohl Cameltoe nennt. Ich zog den Tanga zur Seite und der leicht geöffnete frisch rasierte Spalt glitzerte feucht. Ich fuhr mit meinem Zeigefinger langsam über ihn und fühlte ihren angeschwollenen Kitzler.

Wieder ging die Badezimmertür auf. Die Freundin kam mit gekämmten Haaren und in Rock und Top heraus. Jennifer nahm die Beine wieder zusammen und ich meine Hände wieder zurück zu ihrem Rücken. Es war zum verrückt werden. Meine Nüsse waren schon so prall, dass sie wirklich wehtaten. Vorher dachte ich, wenn andere Jungs davon berichteten, das sei nur ein Spruch. Von nebenan hörte ich zu allem Überfluss Christoph nach mir rufen und kurz darauf schob sich sein Gesicht über die Balkonabtrennung.

Die Stimmung war dahin, aber ich ließ sie auch verpuffen, aus Scham oder Unerfahrenheit. Heute würde ich wenigstens versuchen einen Vierer anzuleiern oder Christoph signalisieren, die Blonde zu beschäftigen. Doch auch Jennifer ging vor den Anderen auf Distanz. Wir glühten gemeinsam vor und es war lustig, aber sie entzog sich geschickt allen Annäherungsversuchen, so dass ich mir schon veräppelt vorkam.

Kurz bevor die zwei zu einer Verabredung losgingen, zu der wir komischerweise nicht eingeladen wurden, machten wir zwei Fotos, einmal Christoph und einmal ich mit den Mädels. Als ich in der Mitte stand, packte mir Jennifer vorne brav lächelnd hinterrücks an den Arsch und ich meinte die Botschaft verstanden zu haben. In der frühen Nacht stießen Christoph und ich einfach in der Bar dazu, wo die Verabredung der beiden stattfinden sollte. Allerdings erklärte Blondie, dass es Jennifer wohl nicht gut ginge und schon zurück ins Hotelzimmer gegangen sei. Christoph meinte, dass das geplant sei ich sofort dorthin und nur noch ans Fenster klopfen müsse.

Das tat ich. Die Sekunden, wie sie vom Bett aufstand und wieder oben ohne nur mit einem Slip bekleidet auf die Balkontür zuschritt, kamen mir unendlich lang vor und waren eine unglaubliche Achterbahn aus Vorfreude, Geilheit, Furcht, Erwartungsdruck und Zweifel. Als sie die Tür öffnete, griff ich sie und küsste sie. Wir stießen gegen die Wand und fielen auf ihr Bett.

Ich war nicht nur übertrieben aufgeregt, sondern auch überrascht, dass das letztlich alles so reibungslos funktionierte, wodurch ich noch nervöser wurde, weil mir bewusst wurde, dass es tatsächlich jetzt passieren wird. Ich glaube, sie ahnte, dass ich noch Jungfrau war und sie genoss es, die Erste zu sein und sich auf ewig in meine Erinnerungen einzubrennen. Und sie wollte nicht nur die Erste sein, sondern auch die Messlatte hochlegen, denn sie zeigte mir das volle Programm, warum ich immer noch einen gewissen Faible für ältere Frauen habe.

Danach lag ich in ihrem Arm. Sie machte einen ungewohnt gedankenverlorenen Eindruck. Ich hingegen fühlte mich großartig und stark, aber bevor ihre Freundin zurückkäme, sollte ich in mein Zimmer rübergehen, was diesem Gefühl sofort wieder einen Dämpfer verpasste.

Am nächsten Morgen war ich vielleicht auch deswegen relativ früh wach und ging auf den Balkon, wo die Freundin eine rauchte, während Jennifer noch schlief. Und da erfuhr ich ganz nebenbei aus der Unterhaltung über ihre weiteren

Sommerpläne, warum Jennifer die ganze Zeit so eine Geheimnistuerei machte. Sie hatte einen Freund in Deutschland. Ich war verletzt, zeigte es aber nicht, sondern zwang mich zur Gleichgültigkeit, es war ein schönes aufregendes erstes Mal, aber eben nur Sex, mehr nicht. Damals erhielt meine aufgebaute idealisierte Vorstellung von Kennenlernen und Beziehung, von meinem Plan alles anders zu machen als meine Eltern, ihren ersten kleinen Riss. Es folgte kurz darauf mit anderen Erfahrungen die Einsicht, dass in jungen Jahren alte konservative Konzepte wenig Platz haben und es brach meine wilde Zeit an.

Aber immerhin war Sex in dem Alter nicht nur geil, sondern richtig spannend. Die ganze Welt des Ausprobierens lag vor einem. Heute ist es zwar immer noch geil, aber das meiste habe ich erlebt und die Klimax liegt hinter mir, die Blondinen, die Rothaarigen, die Dicken, die Dünnen, die Swingerpartys und Prostituierten, die Dreier, Vierer und One-Night-Stands, einmal hatte ich sogar was mit einer Rollstuhlfahrerin.

Jetzt bewege ich mich auf den langsamen Abstieg der Monogamie und Routine zu, wie viele meiner Freunde, und werde alt, den Zenit meines Körpers bereits überschritten. Dafür ist man jetzt entspannter, weiß was man will und nimmt es sich viel selbstbewusster und zielstrebiger. Super, hätte das nicht früher so sein können, als alle auf ihrem Höhepunkt waren.

Mimu, Rob und ich sind ausgehfertig und machen uns auf den Weg ins Oberbayern. Im Eintritt ist eine Suffflat inklusive. Die ersten zwei Gin Tonic trinken wir auf ex um die

Wette, aber meine Eingeweide wehren sich und ich lasse die nächsten Runden aus. Die Stimmung ist gut, aber ansatzweise nüchtern inmitten der komplett Betrunkenen hat etwas von diesen in letzter Zeit inflationär vielen Zombiefilmen. Alle folgen, nicht mehr Herr ihrer Motorik, ihrem Trieb menschliches Fleisch zu ergattern.

Nach Mitternacht tritt Matthias Reim auf, dessen Musik die ersten Partyschlager sind, an die ich mich erinnern kann. *Verdammt, ich lieb' Dich* habe ich als Junge Playback auf einem Videotape für meine Eltern nachgespielt. Da die keine Fans von deutscher Musik sind, konnten sie damit aber glaube ich recht wenig anfangen und die VHS-Kassette ist verloren gegangen. Unabhängig von der Musik, habe ich vor Matze eine gewisse Hochachtung, dass er sein Comeback mit so viel Biss durchgezogen hat.

Aber wie ich ihn jetzt abgemagert hier sehe, auch in einer dieser Naht-Jeans, die Menschen ihre leuchtenden Handys auf ihn richtend, kommt mir schlagartig alles sehr peinlich vor, ich komme mir peinlich vor und ich fühle mich wieder alleine, so wie beim Hinflug nach der Landung. Mimu und Rob habe ich schon seit bestimmt einer halben Stunde nicht mehr gesehen. Immer das Gleiche, nachts im Suff auf Eroberung verliert man sich und plötzlich steht man alleine im Club.

Der Flatrate-Fusel und die stickige Luft donnern gegen meine Schläfen. Dieses enge schweißtriefende Rumgehopse in einem abgedunkelten Raum, diese laute Musik, neben der man sich kaum unterhalten kann, das animalische Umhergesuche und zwanghafte Betrinken, so dass man sich an den halben Urlaub nicht erinnern kann, erscheinen mir auf einmal sehr unwichtig und unbefriedigend. Ich kämpfe mir einen Weg aus der Masse und gehe raus auf die Promenade.

Ich wandle durch das nächtliche Treiben zum Strand und setze mich im Schneidersitz in den Sand. An einem Stapel aufeinandergetürmter Sonnenliegen lehnt ein Typ und lässt sich durch den offenen Hosenstall von einer der schwarzen Prostituierten, die durch die Gassen schwirren, einen blasen. Als sie anscheinend fertig sind, steht sie wortlos auf und geht schnurstracks zurück zur Promenade. Der Typ bleibt alleine zurück, macht seine Hose zu, schaut ob seine Geldbörse noch da ist und richtet sein Shirt.

Unter einem der festverankerten Sonnenschirme treibt es ein Pärchen hart und schnell in der Missionarsstellung und die quiekende Frau spreizt ihre Beine komplett durchgestreckt sehr weit auseinander, fast wie ein Spagat. Die ist bestimmt richtig schlank und sportlich. Kurz überlege ich, weil das mal beim Tomorrowland geklappt hat, einfach hinzugehen und mitzumachen, aber ich habe keine Lust.

Ich glaube es selbst kaum, aber dieses Gefühl, nein, diese Gewissheit ist plötzlich da. Ich habe keine Lust mehr auf dieses ständige Kennenlernen, das Austauschen der Basics, der Eckdaten, auf dieses Getänzel umeinander herum, auf dieses nichts über den Anderen wissen und die Hälfte des Wenigen vergessen.

Ich habe keinen Bock mehr auf diese andauernden ersten und letzten Male miteinander, bei denen man die Vorlieben nicht kennt und es sich letztlich in einem austauschbaren „War gut"-Mittelmaß bewegt, weil Sex nun mal meistens besser ist als gar kein Sex. Aber wirklich spannend oder etwas Neues ist das nicht und viel bringen, bis auf einen

Strich mehr auf der Liste, tut es auch nicht. Man hat zwar ein, zwei abstrakte Bilder oder ein vermeintliches Gesamturteil im Kopf, aber das genaue Feeling, die Details, wie es mit der oder einer anderen war, hat man spätestens nach einigen Monaten vergessen.

Ich ziehe mich nackt aus und schreite in das finstere Meer. Ich finde, beim Nacktbaden spürt man dieses Verlorensein in der schieren Masse an Wasser noch deutlicher, aber es ist auch freier, alles wird umspült, keine Kleidung, kein Korsett, man wird eins mit dem Element. So muss man sich als Baby im Bauch der Mutter gefühlt haben. Ich muss an diesen französischen Film mit Jean Reno über Apnoetieftaucher denken, in dem der eine zum Schluss das Aufstiegsseil los lässt und mit einem Delfin mitschwimmt und in der Tiefe bleibt. Wie heißt der noch gleich, ich strenge mich an, aber mir fällt der Titel beim besten Willen nicht ein.

Ich gehe wieder raus, ziehe mir meine Boxershorts an und laufe barfuß mit den anderen Sachen in den Händen zum Hotel, aber nicht an der Promenade entlang wo alle nur dumm glotzen, sondern durch die schmalen dunkleren Wege. Das Zirpen der Grillen in den Bäumen und Sträuchern erinnert mich daran, wie ich früher in den Urlauben oft alleine abends durch die kleinen Ortschaften gezogen bin, um mich noch mit anderen Kindern zu treffen. Und wenn ich der Einzige in der Straße war und ich Angst bekam, bin ich einfach gerannt so schnell ich konnte.

Im Hotel sitzt im Foyer in den schweren Ledersesseln ein Dutzend Russen und Russinnen, die sich gerade laut zuprosten und Fotos von sich knipsen. Mein erster Gedanke ist, oh Gott jetzt kommen die auch hier hin, aber eigentlich mag ich Russen, weil die so schön stumpf und direkt sind. Und auch jetzt habe ich, eh ich mich versehen und wieder komplett anziehen kann, einen geriffelten weißen Plastikbecher Wodka in der Hand und mache ein Gruppenfoto. Ein kleiner Couchtisch steht voll mit russischen Wodkaflaschen und aufgerissenen Zigarettenpackungen. Aus einem Handy schallt russische Popmusik und die ersten Frauen beginnen mit den Hüften zu schwingen.

Die größte spontane Hotelparty, die ich bisher erlebt habe, war zu meinem 18. Geburtstag in Cala Ratjada. Eigentlich hatten wir lediglich vier Mädels zu uns aufs Zimmer zum Vorglühen eingeladen, da aber alle Balkone direkt nebeneinander lagen und nur mit ein paar niedrigen Geländerstäben voneinander getrennt waren, kamen im Laufe des Abends immer mehr Nachbarn zu unserer kleinen Privatparty von Balkon zu Balkon dazu gestiegen. Die Meisten kannten wir gar nicht.

In zwei leeren Fünfliter-Wasserkanistern mischten wir Wodka-BlueCuracao-O und 85-prozentigen Absinth mit Wasser und Zucker und ließen die grünlichen Gesöffe herumgehen. Die Betten wurden in die Ecke geschoben und eine Tanzfläche zu einem gebrannten Mix aus meinem Discman eröffnet.

Unsere kunstvolle Tapezierung der Wand mit San Miguel-Etiketten, an der wir seit dem ersten Urlaubstag arbeiteten, stand innerhalb kürzester Zeit vor der Vollendung. Aus einem Nachbarzimmer hörte man das rhythmische Bummern des Bettgestells gegen die Wand als Folge des vertieften Kennenlernens der Partygäste.

Es dauerte nicht lange, bis die Ersten aus diesem wachsenden lebenden Pfropfen an der Hotelfassade blank zogen und die Aufmerksamkeit der vorbeilaufenden Passanten geschenkt bekamen, die uns zuprosteten und zujubelten. Stühle, Tische, leere Flaschen und Luftmatratzen wurden von den Balkonen in den Hotelpool geworfen und kurz darauf folgten drei nackte Typen aus Göttingen mit einem wilden Tarzanschrei.

Das blieb der Nachtschicht an der Rezeption natürlich nicht verborgen, die plötzlich brüllend mit hochrotem Kopf in unserer Tür stand: „Jetzt ist hier Ruhe und morgen früh verlassen alle, die hier wohnen, das Hotel!"

Das war das zweite Mal, dass wir auf Mallorca aus einem Hotel geworfen wurden. Es ließ uns aber völlig kalt, da wir eh am nächsten Morgen abreisen mussten. So entgegneten wir nur, dass wir ohnehin unzufrieden mit dem Service seien, das Hotel unter Protest verlassen würden und dass das Management in den kommenden Tagen eine Beschwerde bekäme, was wir natürlich nie vorhatten. Wir warfen schnell unsere Sachen in die Koffer, gaben dem verdutzten Pagen unsere Schlüssel, zogen mit der gesamten Meute aus und stellten unser Gepäck eine Querstraße weiter bei den vier Mädels unter.

Am nächsten Morgen nach einer durchzechten Nacht sammelten wir es wieder ein und stiegen gerade noch pünktlich in den Bus zum Flughafen und flogen zurück nach Deutschland, wo meine Eltern und andere Freunde uns mit mehreren Crémantflaschen lautstark empfingen und wir alle zusammen ausgiebig auf meine Volljährigkeit anstießen. Heute noch hängt das Gruppenfoto dieser illustren Truppe, die zweite Reihe auf den Sitzbänken am Flughafen Tegel stehend, bei mir über dem Schreibtisch an der Wand neben dem Foto meiner Großeltern bei ihrer Diamanthochzeit.

Die Nachtschicht hier scheint von unserer kleinen Feier gar nichts mitzubekommen. Aber heutzutage gibt es Smartphones und wahrscheinlich hat sie ihre Kopfhörer in den Ohren, klickt sich durch irgendwelche Modeblogs oder schaut Videos und hofft auf den baldigen Feierabend.

Ich habe fast alle Wodkasorten durchprobiert, kann aber keine großen Unterschiede ausmachen. Die Russen tanzen inzwischen alle um die Möbel herum und singen lautstark mit, so dass man die Musik aus dem Handy kaum noch hört. In einem Moment, in dem ich den Eindruck habe, dass alle mit sich beschäftigt sind, stehe ich schnell auf und laufe zum Treppenaufgang.

Im Zimmer dusche ich, stelle mich nackt auf den Balkon und blicke über die erleuchtete Bucht. Zu den Wassertropfen auf meiner Haut gesellen sich kalte Schweißperlen. Mein Bauch sieht aufgebläht aus und ist ganz fest, obwohl ich ja eigentlich seit Tagen kaum was esse. Alle Gliedmaßen tun weh und die Augen brennen.

Ich muss mich hinlegen. Ich ziehe die dünne weiße Decke bis zu den Schultern hoch, mache das Licht aus und greife nach meinem Handy. Die Jungs haben mich auf einem Foto auf Facebook markiert und Jule hat mir eine Freundschaftsanfrage geschickt. Ich nehme sie an, aber deaktiviere kurz darauf mein Profil und lösche die App von meinem Handy. Ich starre in das düstere Nichts des Zimmers, dass nur durch die kleine rote Standbyleuchte des

Fernsehers gestört wird. Mein Herz schlägt angestrengt. Ich glühe und mein Sonnenbrand schmerzt an den Falten des Lakens.

Ich weiß nicht genau warum, aber ich schreibe Nina. Ich schicke ihr das Foto vom ersten Tag von der Balkonaussicht als ich angekommen bin, vom Anfang, was danach passiert ist, soll sie gar nicht erfahren. Ich schreibe ihr, mir tue es leid, dass ich mich so lange nicht bei ihr gemeldet habe und dass ich mich freuen würde, wenn wir mal wieder was trinken gehen würden. Es müsse ja nicht Bier sein, ein Kaffee tagsüber wäre schön. Ich mache das Handy aus und schlafe ein.

Tag 4

Ich wache zugedeckt auf. Die Helligkeit im Zimmer legt den Schluss nahe, dass es bereits später Vormittag ist. Der letzte und einzige Tag, an dem ich ausschlafen und mein Körper ohne Aufweckspielchen oder enge und fremde Aufwachorte behutsam und ausgeruht zu sich kommen kann.

Rob und Mimu liegen in ihren Klamotten übereinander verkeilt auf dem anderen Bett und schlafen tief und fest. Sie müssen erstaunlich leise gewesen sein, denn ich habe gar nicht gemerkt, wie sie zurückgekommen sind. Oder ich war wirklich ganz schön game over. Da die beiden keine Anstalten machen aufzuwachen und der Fernseher nicht funktioniert, überlege ich, was ich vor meinem heutigen Rückflug unternehmen könnte. Auf Suff habe ich keine Lust und nur wieder am Strand liegen, kommt mir unheimlich eintönig vor, zumal meine Haut eh noch ziept.

Mein Vater, der nur noch jedes Silvester mit seiner neuen Lebensgefährtin nach Mallorca fährt, hatte andauernd Ideen, was man sich ansehen könnte, weil er in irgendeinem Buch von einer Mühle, einer Kirche oder einer alten Festung gelesen hatte. Wir haben ständig mit einem Mietwagen Ausflüge gemacht und uns Brücken, Fincas, Produktionshöfe und Gestüte angeschaut oder sind über Hügel und durch Pinienwälder gewandert, obwohl ich lieber ans Wasser wollte. Damit ich aufhörte zu meckern, war der Deal, dass jeder Ausflug mit dem Besuch eines neuen schönen Strandes wie Es Trenc oder einer kleinen Felsbucht verbunden wurde.

Eines Tages sind wir an einem Berg steile schmale

115

Trampelpfade hinunter durch stachelige Sträucher gestiegen, bis wir in einer winzigen, nur vom Wasser aus einzusehenden Bucht angekommen waren, in der eine schiefe Bretterbude mit einem langen Tisch davor stand.

Mein Vater, ich und ein berühmter deutscher Theaterschauspieler waren die einzigen Menschen in dieser Bucht. Das meinte zumindest mein Vater, dass das ein berühmter Schauspieler war, ich habe den nicht gekannt. Und natürlich war der Betreiber der Bude da, der ausschließlich diese klassischen geschwungenen Colaflaschen und frittierte Sardinen mit Olivenöl im Angebot hatte. Sonst nichts. Ich grübelte noch Tage danach, ob der Besitzer dort auch wohne, und ob er die ganze Zeit Cola trinke, und ob das ginge ohne Zahnschmerzen wegen dem ganzen Zucker, und ob er überhaupt schlafen könne bei dem vielen Koffein. Wenn, dachte ich mir, dann wirklich nur aus diesen kleinen bauchigen Glasflaschen, denn aus Plastikflaschen schmeckt Cola ja nicht.

Die kleinen Sardinen hätte ich auf jeden Fall täglich essen können. Wie bei Pommes oder Chips hat man einfach in den Haufen gegriffen und sie am Stück mit Kopf und Schwanz im Mund zerknuspert. Es gibt Gerichte, die bleiben das ganze Leben lang auf der imaginären Liste von Speisen, die man gerne noch ein einziges Mal essen würde, aber man findet sie ausschließlich an einem bestimmten Ort und nirgendwo anders. Und man darf sie obendrein gar nicht nochmal essen, sonst verlieren sie ihren Zauber und ihren Platz in dem theoretisch besten Menü der Welt, dass zumindest ich mir im Kopf zusammenstelle und das immer üppiger wird.

Diese Sardinen gehören zu den Vorspeisen, wie die Bouillabaisse aus Lacanau und in Knoblauch gebratene Langustinen vom Markt in Montalivet. Als Hauptgang gibt es das Steak aus Manhattan, den westfälischen Sauerbraten meiner verstorbenen Oma, das Hirschgulasch aus dem Ratskeller dieses Allgäuer Kaffs, von dem ich leider den Namen vergessen habe, und die Magret de Canard aus diesem Hotel im französischen Nirgendwo, in dem meine Mutter und ich nur zufällig wegen einer Autopanne gelandet sind. Der Nachtisch besteht aus den Honigteigbällchen aus Agia Galini, Somlói Galuska aus dieser Budapester Konditorei hinter der großen Markthalle und dem besten Eis der Welt von der kleinen Diele neben der Arena di Verona.

Wenn ich heute ehrlich bin, gegenüber meinem Vater hätte ich das damals nie zugegeben, fand ich die Ausflüge cool. Oder ist das jetzt das Fazit, dass ich im Nachhinein ziehe und damals fand ich es wirklich öde, ich weiß es nicht. Aber die Bilder der Buchten, der Coves del Drac und der schlichten beigebraunen Häuser mit ihren grünen Holzfensterläden habe ich immer noch vor Augen.

Im Norden sind wir öfter zu einem Markt in ein kleines altes Dorf etwas im Inselinneren gefahren. Da mein Vater seine Urlaubsliebschaft dabei hatte und abgelenkt war, wodurch ich nicht auf Schritt und Tritt mitgeschliffen wurde und mir deshalb nicht eingeredet habe, alles scheiße finden zu müssen, konnte ich den ganzen Tag diesen Ort erforschen, wie es nur Jungen vor der persönlichen Unsicherheit der Pubertät können.

Ich kletterte überall herum, erkundete die kleinen Seitengassen, schaute in offene Fenster und spielte mit den

Tieren und den Produkten an den Ständen. Die Verkäufer schenkten mir Obst und Oliven zum Probieren und ich belauschte die Einheimischen wie sie einkauften und sich gestenreich unterhielten, obwohl ich ja überhaupt nichts verstand.

Später, als wir uns wieder zusammengefunden hatten, haben wir in einer großen Scheune, die wie eine alte Gaststätte eingerichtet war, zu Mittag gegessen. An den Wänden und Balken hingen neben unzähligen Schinken angerostete Sensen und anderes Landwirtschaftsgerät und in den Ecken standen Fässer und riesige Holzräder. Das Essen wurde auf großen Brettern und in dampfenden Pfannen auf den deckenlosen Holztisch gestellt und man teilte alles selbst auf. Das war mein bisher bestes spanisches Essen, aber in den letzten Jahren haben wir hier am Ballermann auch gar nicht spanisch gegessen, fällt mir auf, und wenn nur so pseudospanisch wie Pizza Paella.

Vielleicht gibt es ja so ein Lokal hier in der Nähe. Früher habe ich immer in diesen ausliegenden Ordnern der Reiseveranstalter geblättert, aber jetzt fällt mir beim besten Willen nichts Konkreteres ein, was ich machen könnte, bis auf runter an den Eckladen zu gehen. Das darf doch nicht wahr sein. Ich komme mir unglaublich träge und dumm vor, was, und das ist das Schlimme, die Idee mit dem Eckladen noch verstärkter in meinem Hirn aufblitzen lässt. Selbst als Halbstarke haben wir uns früher immerhin mal einen Tag lang Fahrräder ausgeliehen oder haben einen Bootsausflug unternommen oder bei einem Tauchgang mitgemacht.

Doch es wäre lächerlich, jetzt hier wenige Stunden vor meinem Rückflug noch auf Teufel komm raus einen Adventuretrip alleine zu machen. Ich fühle mich alt, wie ein Rentner auf einem Kreuzfahrtschiff, der aus Langeweile überlegt, sich eine morgendliche Tennisstunde bei einer attraktiven Trainerin zu gönnen. Dann plant man zukünftig lieber gleich die gesamte Reise anders.

Weil ich mich ablenken will, fange ich an, meinen Rucksack zu packen. Von dem Gesuche werden Rob und Mimu jammernd und hustend wach. Sie sehen nicht gut aus mit ihren aufgedunsenen, sich pellenden Gesichtern. Wortkarg schleichen sie im Schneckentempo abwechselnd unter die Dusche und machen sogar mürrisch die Badezimmertür hinter sich zu.

Weil ich unbedingt noch ein letztes Mal ins Meer gehen will, mache ich Druck. Den Eckladen lassen wir auf dem Weg zum Strand unbeachtet. Wir leihen uns von drei Mädels ihre Luftmatratzen aus, behalten wegen der Sonne unsere T-Shirts an und paddeln über die Wellen. Etwas weiter draußen auf dem Meer setzen wir uns breitbeinig auf die Matratzen und lachen über unsere ungeschickte Mühe, bei dem Schaukeln das Gleichgewicht zu halten.

„Wenn du wieder in Berlin bist, kannst du ja schon mal nach Flügen für nächstes Jahr Ausschau halten", lacht Rob mit einem sarkastischen Unterton nach dem Motto, ob das eine gute Idee sei, angesichts der augenscheinlichen Tatsache, dass wir alle völlig im Arsch sind.

„Ja, mal gucken."

Zurück an Land lade ich die Jungs für mein Versteck bei ihnen zum Essen ein und wir setzen uns in ein kleines Restaurant leicht erhöht direkt an die Promenade. Die zwei Bedienungen sind sehr höflich und tragen schwarze Krawatten und Schürzen, genauso schwarz wie die ordentlich gescheitelten schimmernden Haare. Ich habe das lieber als diese aufgetakelten Kellnerinnen mit ihrem aufgesetzten Tittengewackel für mehr Trinkgeld. Ordentliche Herren, die stolz und elegant ihre Gäste seriös bewirten, aus Prinzip, ob es ein Tourischuppen ist oder nicht.

Das erinnert mich an meinen Besuch bei Christoph in Madrid, als er dort bei Siemens ein Praktikum absolviert hat und wir zwei Tage von einer Tapasbar zur nächsten gezogen sind. Aber nur in die versteckten Unscheinbaren, wo wir meistens die einzigen Ausländer waren und innen alles dieses Flair hatte aus der Zeit als Spanien noch Kolonial- und Weltmacht war, und zu jedem Cerveza wurde traditionell eine kleine Tapa gereicht, so dass wir nie explizit essen gehen mussten. An den Tresen standen schick gekleidete spanische Männer und auch wir trugen hellblaue Hemden und dunkelblaue Jacketts mit Einstecktüchern.

Die Abreise

Die Zeit ist gekommen zum Bus zu gehen und ich schnappe mir meinen Rucksack. Die Abreisen von Mallorca sind noch stressiger als die Anreisen. Ich weiß gar nicht genau, wie oft wir schon den Rückflug verpasst haben. Meistens weil wir uns irgendwo festgesoffen hatten ohne auf die Uhr zu achten oder weil einer nicht aufzufinden oder nicht transportfähig war.

Letztes Jahr hatte ich am Abreisetag Mittags eine nette Stuttgarterin im Mega Park kennengelernt und war noch kurz mit ihr ins Hotel verschwunden, obwohl wir längst los mussten. Aber wer sagt da schon nein, verzichtet und verabschiedet sich? Ich nahm mir von ihr direkt ein Taxi zum Flughafen, wo mich meine Jungs vor dem Sicherheitscheck mit meinem Gepäck erwarteten und wir unseren Flieger noch bekamen.

So muss das sein. Männer sind da anders als Frauen. Die verstehen, dass wenn man die Möglichkeit auf Sex hat, man einfach verschwindet und durchzieht. Da gibt es kein „Aber du hast mich alleine stehen lassen!" Ein Freund, wenn du ihn nicht als Wingman brauchst, verdrückt sich, wünscht dir viel Spaß und versucht sein Glück auf eigene Faust weiter und pennt halt eine Nacht woanders, sei es im Park. Oder es versuchen gleich beide Kumpels von Anfang an einen Dreier draus werden zu lassen.

Aber vielleicht hat man es auf diesen ganzen Beischlaf-Firlefanz auch nur deshalb immer so drauf angelegt, weil man meinte, die Kumpels verstehen das nicht nur, sondern erwarten und verlangen sogar, dass man keine Gelegenheit auslässt, aus Respekt vor ihnen oder vor der Männlichkeit oder was weiß ich für ein Bullshit. Wirklich gebraucht habe ich die meisten Affären nicht.

Obwohl, es war schon lustig, unsere Privatpartys während der Schulzeit, die Clubnächte im Studium und unsere Wochenenden überall in Europa. Ich liebe diese Trips, weil ich es liebe mit meinen Freunden Neues zu entdecken und weil ich meine Freunde liebe, die mein ganzes bisheriges Leben treu an meiner Seite standen. Und ich bin mir sicher, dass wir in Zukunft nicht nur wieder mehr wirklich Neues erleben werden, sondern dass wir auch dieses veränderte Leben zusammen meistern werden.

Die Jungs bringen mich zur Bushaltestelle. Rob holt eine Runde Jack Daniel's mit Cola in Dosen zum Abschied und macht mit weit ausgestrecktem Arm ein letztes Selfie von unserem Trio als sich der Bus nährt. Ich drücke Mimu meine noch volle Dose in die Hand und steige mittig in den Bus, da ich keine Lust habe, vorne beim Fahrer meine Geldbörse aus dem Rucksack zu kramen.

Auf der Freifläche für große Gepäckstücke liegt zusammengekauert, in nasser vollgesandeter Badehose, ein blonder Surferboy mit lauter Lederbändchen um den Hals und sabbert auf den dreckigen Boden. Vom Strand bin ich solche Bilder ja gewohnt, aber hier im Bus mit diesen kleinen Aufklebern der Verkehrsbetriebe überall und im Kontrast zu den angezogenen Menschen, die um ihn herum stehen und sich an diesen Schlaufen festhalten, erinnert mich das an die Penner und Verrückten in der Berliner U-Bahn, die seit den Krisen in Europa von Jahr zu Jahr mehr werden.

Erst sieht es so aus, als gehöre er zu niemandem, aber nach einigen Stationen kommen seine Kumpels von den hinteren Sitzen hervorgekrochen und tragen ihn an allen Vieren aus dem Bus. Wir passieren, wie auf dem Hinweg, das Aquarium, das sehr modern und gut gemacht ausschaut und ich frage mich, warum ich da eigentlich noch nie drin war. Wenn die druffen Jungs mit dem Bus zum Feiern an den Strand gondeln können, weil sie so blöd waren hier hinten ihr Hotel zu buchen, dann kann ich ja wohl die paar Stationen hierherfahren, um mir das Aquarium anzuschauen.

Da fällt mir ein, dass Christoph die Tage mit seiner Familie im Ozeaneum in Stralsund war. Er hat zumindest einige Fotos von dort in die Partytour-Gruppe gestellt, auch wenn der Name in diesem Zusammenhang überdacht werden sollte. Ich schreibe Christoph, wann genau ich lande, da er mich abholen will.

In den spiegelnden Busfenstern kann ich erahnen wie ausgelaugt ich aussehe. Ferien zum Erholen sind das echt nicht gewesen. Ich werde wieder mindestens eine Woche Urlaub vom Urlaub benötigen. Vor ein paar Jahren haben wir uns alle eine ordentliche Erkältung eingefangen, weil wir nach dem Feiern auf dem kalten Steinboden vor unseren Hotelzimmern eingeschlafen sind, wahrscheinlich waren wir zu voll, um die Tür aufzubekommen. Wir husteten und schnieften wie verrückt und es ging uns richtig dreckig. Um die bleibenden achtundvierzig Stunden trotz rummosernder Körper durchhalten zu können, beschlossen wir schlicht und ergreifend, die restliche Zeit durchweg voll zu sein. Nicht hacke dicht, sondern ein angenehmes konstantes angeschwipst sein. Also haben wir gemächlich aber durchgängig eine Flasche Rosé nach der anderen getrunken. Zurück in Berlin lagen wir zwei Wochen mit Lungenentzündung flach.

Doch obwohl mir die letzten Tage in den Knochen sitzen, fühle ich mich komischerweise vital, nicht unbedingt körperlich, aber klarer im Kopf. Ich freue mich auf Zuhause, als warte dort etwas Unverbrauchtes und Großartiges auf mich.

Der Bus hält vor dem Abflugterminal. Die Sicherheitskontrolle geht gewohnt flott. Der Berlin-Brandenburg International „Willy Brandt" sollte sich ein Beispiel nehmen. Der Mann war zwar ein linker Schwerenöter, aber dieses Schindluder mit seinem Namen hat er wirklich nicht verdient. Auf kuriose Art und Weise hätte es Willy Brandt, wie er ständig die jungen Dinger angebaggert hat, hier am Ballermann gefallen. Ich denke, ich werde ihn in meine Liste der Menschen aufnehmen, mit denen ich gerne mal eine Nacht lang zechen würde. Da steht er jetzt neben Persönlichkeiten wie Paul Gascoigne, Carolin Kebekus, Lapo Elkann oder Ernest Hemingway. Dann könnte er mir erzählen, wie das für ihn damals war, sich im eigenen Land fremd und bevormundet zu fühlen. Nur dass die Spießer und Faschisten heute grün und rot lackiert sind.

Da der McDonald's im Abflugbereich derart überfüllt ist, dass selbst das System mit den Wartenummern nicht zu funktionieren scheint, gehe ich zu der Sandwichbar. Vor mir bestellt ein langer Typ mit gestärkten Manschetten und Kragen in einem herumkommandierenden Ton ein Tomaten-Mozzarella-Sandwich und verlangt ein Anderes, eben nicht das Hinterste.

Das ist so ein Unternehmer, der sich mit Immobilien und

Krimskrams, den er in Spanien billig produzieren lässt, selbstständig gemacht hat, weil das angestellt sein und Verticken von Versicherungen seinem, wie er sagen würde, unbedingten Erfolgswillen im Wege stand. Und er isst auch nicht hier an der Sandwichbar, weil der Mäckes ihm zu voll ist, sondern weil bei McDonald's nur Proleten essen, wie er wieder sagen würde. Sowieso findet er den Ballermann ganz furchtbar und spart lieber für paar Flaschen Champagner beim Königgucken in Puerto Portals, und eigentlich ist er auch nicht genervt, weil die Verkäuferin ihm das ältere Baguette andrehen wollte, sondern weil er immer noch hier mit den Normalos abhängen und auf seinen Flieger warten muss, anstatt sich einen Privatjet leisten zu können.

Um ihm eins auszuwischen, weil ich mich mit der Verkäuferin ohne ihr Wissen verbündet habe, da mein Großvater als Bergarbeiter angefangen hat, und weil der Typ so angewidert auf meine versifften Schuhe schaut, kaufe ich mir gleich zwei Ibérico-Schinken-Sandwiches, die doppelt so teuer sind, wie die mit Tomate und Mozzarella.

Zufrieden setze ich mich an einen freigewordenen zugemüllten Tisch, stehe aber schnell wieder auf, weil mir der ganze Trubel an den Fressbuden zu viel wird. Ich kaufe mir an einem Automaten eine Flasche Wasser und bummle in Richtung Gate, wo ich einige vom Hinflug wiedererkenne. Ich setze mich in eine schwarze Schale dieser Sitzreihen und schalte mein Handy an. Nina hat geschrieben: „Gern! Passt Samstag?"

Der Flug wird aufgerufen. Das Einsteigen kommt mir gelassener vor als beim Hinflug, entweder sind die Menschen zu geschafft oder sie sind tatsächlich entspannter von den freien Tagen. Ich habe mal in München mitbekommen, wie einer direkt nach der Landung festgenommen wurde, selbst der war total locker. Wenn ich die unten an der Treppe Wartenden als Zivilbullen identifizieren konnte, dann muss der die ja wohl beim Verlassen des Flugzeuges auch erkannt haben, aber er ist nicht weggerannt, sondern ist seelenruhig die Treppe heruntergestiegen und hat sich ohne Gegenwehr Handschellen anlegen lassen. Davon hätte man nicht unbedingt ausgehen können. Was hätten die gemacht, wenn er sich einfach einen Mitreisenden oder so eine arme Stewardess geschnappt hätte?

Ich gelange wieder als einer der Letzten auf meinen Platz, diesmal zum Glück am Fenster, und das Flugzeug setzt sich langsam in Bewegung, während die Flugbegleiter noch den Abschluss ihres Sicherheitsvorkehrungen-Balletts vorführen. Dieses Rollen zur Startbahn ist stets der Moment des letzten Abschieds, in dem man das Erlebte kurz Revue passieren lässt. Ich denke an die vergangenen Tage und die vielen vorherigen Urlaube, ein Vierteljahrhundert, solange begleitet mich diese Insel schon. Hat sie mich erwachsen werden lassen oder hat sie es, vielleicht ja glücklicherweise, verhindert.

Die Triebwerke drehen auf und das Flugzeug rast vibrierend mit zitternden Flügeln geradeaus und hebt ab. Aus dem Fenster blicke ich auf das sich entfernende Flughafengebäude, bis erst die karge Umgebung und dann die Küste und das Meer ebenfalls ins Sichtfeld geraten und alles kleiner und kleiner wird und schließlich ganz verschwunden ist.